Inhumaines

A Novel

Philippe Claudel

非人

菲立普・克婁代——小說
繆詠華——翻譯

菲立普・克婁代／作品集 07

目次

人類乃避之唯恐不及之險。

——科菲·安南*

* Kofi Annan（1938-），聯合國第七任祕書長。二〇〇一年諾貝爾和平獎得主。

I.

贈予之樂

昨天早上我買了三個男人。一時興起。聖誕節嘛。我太太不喜歡珠寶。我每次都不知道該送她什麼。銷售小姐幫我將他們打包。不怎麼容易。他們略事掙扎。他們占了聖誕樹下的地方。我們沒等到午夜就開禮物。幹麼買三個。每個洞一個。很好笑。我太太一臉不開心。你明明知道我不再搞群交。我忘了。我們也對夫妻床笫之事感到膩味。我自己就性趣缺缺。一年前我還打算乾脆化學閹割算了，可是副作用讓我打了退堂鼓。我聽從勒格洛的建議加入橋牌俱樂部。每個禮拜四都打。勉勉強強。我還是葡萄酒俱樂部會員。酒窖裡有不少美酒。但我對這也意興闌珊。管他紅酒白酒，還不都是酒。日子依舊漫長又緩慢。我們吃了聖誕木柴蛋糕。吃了一點點。我很快就吃不下。街坊鄰居送往迎來中。噪音、樂聲、笑聲，齊飄揚。他們怎麼還笑得出來。那三個拴在聖誕樹下的男人默默留心我們的一舉一動。幹麼買黑人。有什麼不可以。我太太聳聳肩，不置可否。她上樓睡覺去了。我總不能把這三個男人留在客廳吧。我跟他們商量。我叫他們跟著我。

他們動都不動。我想叫他們站起來。他們不願意任憑擺佈。不走就是不走。我把他們拖進車庫。我把他們綁在工作台邊。我去找我太太。她已經睡了。我夢到我在航行。好舒服。輕飄飄的。我愛大海的氣息。浪濤的聲音。海浪輕拍船體。優雅的海鷗。搞不好是鸕鶿才對。我不是專家。我掙扎了半天才起床。每次都這樣。聖誕節是一年當中一個最無趣的日子。光聖誕節這天就囊括了所有令人瞠目結舌的世間事。我太太剛用完早餐就回娘家去了。再也沒跟我提那三個男人的事。我去看他們。他們沒動。他們用晦暗的眼神看著我。你們自找的。要是你們好相處一點，而且多配合一下，就不會落到這個下場。我掄起鏟子。在花園裡挖了個大洞，就在樺樹下。花了三個鐘頭。時間就這麼過去，我都沒感覺。體力勞動自有其優勢。足以消滅一切思想形式。那三個男人被我一推，翻入洞中。我重新覆上泥土。他們哼哼唧唧，但聲音很快就被泥土悶住。終於再也聽不到他們的動靜。這讓我想起某些歷史故事場景，可是我記不起來是哪些。我記憶力衰弱。

我買了五台備有無限大硬碟儲存量的電腦。我幹麼記。機器就是為了記憶才存在的嘛。我把地面壓平。把草坪鋪回去。我太太回來了。你幹了什麼事。我挖了一個洞。在哪。在花園裡面。為什麼。把妳不想要的男人埋進去。你最好有把洞給填平。妳自己去看不就結了。明天再看。今晚我累了。我也是。我們吃完鵝、香檳、木柴蛋糕。隨後就去睡了。七早八早。我全身肌肉痠痛。痛歸痛，卻愉快。我很快入睡。睡得跟個小貝比似的。

II.

超人類主義

一個禮拜前，我在「企業」洗手間聽到有人在哭。哭了好一會兒。我等著。我打肥皂洗手洗了好久。我想看看那個可憐蟲是誰。好不容易他才沖了馬桶，終於現身。原來是進口部的布雷丁。我們都認識三十年了。我們是同一梯進「企業」的。你怎麼啦。你永遠也猜不到。他滿臉是淚。跟他很配。他這樣比較帥。亮澤。潮濕。我的屌不見了。你胡說些什麼。你看。他解開腰帶，拉低褲襠，長褲落到腳踝處，又拉下內褲。我從沒見過這種事。原本恥骨根部，陰莖應當出現的地方，結果那邊的肌膚一片平坦。只有陰囊還在，兩粒覆蓋著皺巴巴褐色皮膚的大睪丸。一毛不剩。他的屌徹底消失無蹤。什麼時候開始的。我不知道。我向來都不注意。痛嗎。一點都不痛。那你怎麼撒尿。我不撒尿。我再也沒有尿意。我流汗。流很多汗。我也哭。我能說什麼呢。我什麼都沒說。兩人默默無語，垂下雙眼，看著布雷丁不存在的屌。他嘆了口氣，拉回內褲。走了出去。布雷丁的屌不見了。啊。我們在床上。我跟我太太。她的頭連從雜誌上抬都沒抬起來。她似乎覺得我告訴她的消息沒什麼大不了的。妳沒大吃一驚。這種事就是會發生。這個我倒不知道。你從來都不看新聞。我從來都不看新聞。這倒是真的。我看新聞會有壓迫感。那屌為什麼會消失呢。我哪知。新聞又沒解釋。反正她確認有這種事就是了。就這樣。那好吧。關燈前，我掀開被單和睡衣。我的屌還在。三天後，布雷丁求我陪他去洗手間。別想，我還有部門負責人會議要開。求求你，兩分鐘就好。他又淚流滿面。那就兩分鐘。你看。我們在洗手間。他已經拉下長褲和內褲。什麼都沒。的確是這樣。什麼都沒了。連陰囊也沒了。布雷丁的胯下光滑無比。那你的肛門呢。肛門沒受到波及。幸好。是啊。你好歹還有肛門。我看不出來這跟屌不見了有什麼關係。對不起。我不太會說話。我這是在安慰你。我不知道該說什麼。我拍拍他的肩膀。布雷丁連蛋蛋也沒了。啊。我太太還是在看雜誌。妳不覺得這種事匪夷所思。我就知道會這樣。這是第二步。接下來還會有下一步嗎。針對這一點，新聞什麼都沒報導。那好。接下來幾天，我無所不用其極，就為了閃躲布雷丁和他的淚水。我甚至連洗手間都不去，就怕撞上他。三個禮拜後，我正要去開會商討「企業」前景，背後傳來興高采烈的打招呼聲。布雷丁。你好多了。好到不行。你的屌又出現了。並沒有。所以呢。所以呢，是我太太。你太太。她的陰道關門大吉。不會吧。就會。她那邊一片光滑。小大陰唇好像被焊接了起來。我們彼此彼此。不會吧。就會。我們一起掉眼淚。不會吧。就會。開心的淚水。布雷丁哼著歌兒走遠了。我斗膽想像我太太沒了性器官會怎麼樣。我沒被嚇到。反正她也很少跟我一起用。上回是什麼時候來著。我都不知道。我正試圖回想最近一次親熱是何時，不禁下意識搔搔蛋蛋。手到之處，空空如也。

III.

當代藝術

我們這些城市的人行道上到處都是遊民。想當年還有油膩膩的紙張、舊報紙、口香糖包裝紙、傳單、菸屁股。我們現在可注意著呢。保護生態不遺餘力。再也不會冒冒失失把垃圾亂扔在大街小巷。而是將垃圾分類。回收。街道路面只剩身上裹著好幾層噁心芭樂、沾滿嘔吐物，外加屎尿齊流，一身臭衣服的髒鬼還在拖拖拉拉。他們有時候還會死翹翹。尤其在冬季。但死得不夠多。死神精打細算。意志不堅。減省節儉。疏懶怠惰。殊不知她只有這件事可幹。死神失業了。我們並沒立刻意識到。我們還以為遊民在睡覺，因為他們整天都在睡。誰看得出來。死神以帶走活生生的面容為樂。今天早上我去逛藝廊。昨天夜裡寒意襲人卻璀璨輝煌。滿月。清晨甚至低到極地溫度。奶油烤麵包、炒蛋、咖啡、柳橙汁、鹹肉，外加維他命，組合而成的歐陸早餐，囫圇吞下肚，厚實的貂皮大衣將身子裹得暖呼呼，信步走在冬季街區，何其愉悅。炒蛋我都還吃不完呢。口中呼出的霧氣宛如吹出的水晶玻璃那般空靈。詩。美。我不時還會受到感動。藝廊前有數人駐足停留。圍成半圓形。地上有個男人，或是女人，臉發青，臃腫，厚嘴唇，活脫脫就是個俄國人。整體硬度完美之至。外套被包入一層半透明的薄冰殼中。虛幻絕美。遊民的右手抓著空酒瓶瓶頸。左手則被羊毛外套褶皺遮住。藝廊老闆到了。行色匆匆的男人。他沒甩死人一眼，掏出鑰匙，打開藝廊。有位看得出神的藝術愛好者問道：多少。藝廊老闆看看他。那人指了指地上那具屍體。二十萬。那人表示抗議。好貴。行情就是這樣。絕無僅有的一件。藝術家。最有前途的一位。中國人。兩年內就會爆紅。好吧。我買了。那人抽出名片。方便送到這個地址嗎。當然可以。全世界都送。那人向藝廊老闆致意後便走遠了。藝廊老闆進到藝廊。他打開辦公桌抽屜拿東西。他拿了出來。他在那個死人腦門上貼了一個紅色小圓標。一名男子跑了過來。賣掉了。賣掉了。真衰。我老是這麼衰。那名男子看似遺憾。我每次都太晚到。都怪我自己。我會被我太太罵死。明天再來吧。明天。明天。我應該會有一尊類似的。可以幫我保留，放在一邊嗎。我不用看，先下訂。我相信你的眼光。你要我保留我就保留。感激之至。明天見。祝你有美好的一天。那人吹著口哨又走了。我都快覺得開心了。看到跟我同一輩的人歡天喜地的景象，每每讓我感到無比幸福。

IV.

婚姻平權

會計部的莫雷爾娶了一頭熊。我們去參加婚禮。儀式隆重。混合婚姻屢見不鮮，沒人會再大驚小怪。有意思的年代。說真的，我們很少會被嚇到。那怎麼樣才會嚇到我們呢。我不知道。或許大家彼此相愛吧。或許和平像灑在青嫩草坪上的生物肥料那般在世上到處蔓延吧。一頭白熊。我覺得有蹊蹺。我太太也覺得。就跟到了她這個歲數還是處女一樣。沒錯，你說得沒錯。有人惡搞我們。熊穿著新娘禮服有點繃。禮服出於名設計師之手。不啻為拿果醬餵豬。她不時嗥上兩聲。幸福吶。新郎宛若身在天堂。我都不記得我的婚禮。好遙遠。流光容易把人拋。這樣更好。藍藍的天。樹叢中有鳥兒。婚宴在一座大花園裡舉行。花園裡還有一座城堡。依我看是路易十三年代的。新貴的夢想。新娘的家人站在樹下，遠遠的。目空一切。疏遠冷淡。輕忽隨便。他們才剛三三兩兩、取用了自助餐好幾回合，這會兒爪子又摸了上來，嘴巴還塞得滿滿的，滴滴答答，大啖煙燻鮭魚、鵝肝，熊族共同大嚼螯蝦慕斯、小母雞填松露，還有那結婚大蛋糕。席間出了點狀況。神父想向他們致意。被他們視為挑釁。以為神父想搶他們正在狼吞虎咽的羊肉凍。他們才吃了一口欸。婚宴沒有因這個小插曲而遭到破壞。不就是個神父嘛。這年頭有誰在乎。神父所剩無幾。又少了一個。過不了多久就連半個都看不到嘍。介於零和無窮多之間，又有何不同。我們跳舞。熊好像挺喜歡這味。他們慢慢舞動。其中一頭邀我太太共舞。他們在一起待了很長時間。算有跳舞天分。華爾滋。抽筋舞。慢舞。他味道好重。我那口子卻不以為意。他跳得很好。甚至還企圖親她，結果只舔到她的臉。他的四肢碩大無朋。其實我太太算開放的了。他沒進一步。我沒吃醋。一個跟我們這麼不同的對象，我是嫉妒不來的。我們於黎明時分告辭。幾個禮拜後，莫雷爾回來上班。秀蜜月照片給我們看。美國的大公園。優勝美地。黃石公園。科羅拉多州。山和森林。還有湖。我們看到他太太在捕撈鮭魚。午後小憩。爬樹。翻找營地垃圾桶。津津有味舔著野生蜂蜜。與她在淋浴間附近遇到的一位雄性同屬聊天。那床上咧。勒格洛向來不拐彎抹角。莫雷爾笑得合不攏嘴。好比煙火般絢麗。絲綢般的外陰。柔軟，肌肉又發達。永遠潤滑。令我無法自拔。一要再要。他還真的瘦了幾公斤呢。算他走運。杜穆林長吁短嘆。他和他太太分房睡都六年了。所以說，很快就會抱娃娃囉。傅尼耶說話就是這麼少根筋。莫雷爾倒不覺得震驚。他正在雲端飄飄然。我們想過，但不會這麼快。過完冬天再說吧。這會兒她正在休息。

V. 無謂的盛大來回

我們都八月去度假。去同一個地方。同一個村莊。一個假的。一個度假村。我們在那邊又看到所有老面孔。我同事、同事的老婆孩子。這個度假村隸屬於「企業」委員會。度假村很大，智慧型設計。可以在那裡待上好幾個禮拜去除煩憂。我們就待了三個禮拜。那裡有海。海藍藍。海水永遠如此暖和。舒緩放鬆。我們在那兒游泳。我們在那兒潛水。我們在那兒釣魚。我們在那兒划船。我們在那兒探索。長海灘。細沙粒。身體躺在上面，感覺得到那份細緻。令人激賞。度假村節目主持人籌劃了老少咸宜的遊戲。管你樂不樂意，都得參加。滾球。套袋賽跑。泌尿科大富翁[1]。沙灘排球。坎道列斯窺淫遊戲[2]。沙雕。主持人青春洋溢又肌肉發達。他們的一頭濃髮，讓海鹽給染得絡絡金黃。他們的牙齒潔白無比。有時候，在沙丘後面，他們還會跟度假遊客的老婆打野砲。我們幾個人在邊上圍觀，老公則拿著手機，倒退個幾步，拍下好戲。從前我也常拿攝影機拍。其他人則拍照片。另外還有兩、三個，通常都是新來的，還在一邊打手槍。大夥兒各忙各的。想當年我太太也去過沙丘後面。我鼓勵她去。她現在都不去。少一直煩我這個。妳喜歡去就去呀。我啊，我覺得沒意思。帶活動的小伙子我全上過。沒半點新鮮感。我還有別的事要做。錄影帶我有留下來。放在我家，我的書房裡面。我有時候還會瞄上幾眼。我想辦法讓我太太覺得不去可惜。結果白忙一場。我太太把自己曬成古銅色。她玩填字遊戲和數獨。男士方面，則有女按摩師服務。她們好有異國情調。不說我們的語言。我們在聞起來有精油氣味的小木屋裡面就可以找到她們。她們有著軟綿綿的雙手和剃了毛的陰部，總是笑容可掬。自助餐豐盛，但一成不變。我們吃了又吃。隨後我們就回房睡，要不就睡在沙灘上。約莫五點才回房。我沖澡。我太太泡澡。她在浴缸邊點上蠟燭。她擦乾身子。在身上塗保濕乳液。化妝。我們穿上晚宴服。通常都是白色的。才襯得出曬成古銅色的肌膚。高貴的料子。亞麻。絲綢。中國縐紗。晚上八點開始供應晚餐。船六點起航。我們航行了約莫一個鐘頭。航向大海。航向南方。每個人都在甲板上。都在船首。第一個看到它們的人通知大家。我們好興奮。這是一天中最美好的時光。一條船、兩條船，有時候還三、四條呢。隨隨便便拼湊的。長到足以容納十來個人。結果載的人卻有三倍之多。多到都滿了出來。有時則是充氣船。小孩、男人、女人，一個挨著一個站著。黑。擠。如此之擠。如此之黑。老人也是。黑人也是。每條船都貼著水面。負載重到險些沉沒。他們看到我們。揮著手臂叫我們。我們也大搖手臂。我們駛近小船。我們的船繞著小船打轉。越來越快。掀起滔天巨浪，它們為之顛簸晃蕩，終至翻覆。小船一翻，我們就大聲道好。我們看著水裡的軀體。有幾個立即沉沒。有的還在游。那些在游的人，最後也沉了下去。他們垂死掙扎得比較久。他們算比較衰的。我們打賭。很快就會沒半個人。我們每回都贏。說到底，其實這並不好笑，卻可以解解悶。大海再次平滑如鏡，靜謐如常。神聖不可侵犯。太陽緩緩融於海上。我們回到度假村。海風吹得我們都累了。我們沒怎麼說話。我們若有所思。可我們在想什麼呢。到了喝杯開胃酒的時候。隨後便是晚餐。天天一個樣。度假好單調。不過總歸是度假。

1 Urologie，類似傳統「大富翁」的桌遊，只不過加上一些情色元素，例如以陰莖和水滴（代表縱慾）等圖案作為棋子。

2 Candaulisme，源自於呂底亞國王坎道列斯將自己太太的裸體展示給侍衛以滿足自己的窺淫癖。

VI.

大地遊戲

我們發明了一款遊戲。好玩又簡單。遊戲規則就連小孩子在幾秒鐘內都搞得懂。可以一個人玩，也可以兩個、三個、四個、五個，甚至十個玩家一起玩。人要是再多的話，就會有點亂。這款遊戲需要的設備，任何人都辦得到：橋、高速公路、拋射物。後者可以是石頭、滿滿的垃圾袋、滾球遊戲的鐵球、木板、死掉的動物、非法移民、大賣場的推車。清單落落長，而且說實在的，任何類型的東西都不排除。有一天，維修部的畢修甚至派上了一個同事，狄厄勒維[1]，因為畢修早就預感他會被炒魷魚，從而發展出自殺傾向。我們在橋上會合。每個玩家必須離最近的玩家至少三公尺，以免干擾對方。第一個拿下五分的就是贏家，所以玩家人數才這麼重要。如果只有兩個玩家，那麼就借用乒乓球的計分方式。誰先拿下十一分，而且還得贏對方兩分，才算贏家。玩家從高高的橋上發射彈丸，不僅丟中車子，還害車子不堪使用，就能得到一分。所謂不堪使用是指：過橋後，頂多再開個兩百公尺就完全動彈不得。有時候，遇到兩名玩家發生爭議，還得中斷比賽，測量距離。之前遊戲規則訂得沒那麼詳細時，我們針對車輛是摩托車、汽車、卡車、公車，各可以得到幾分，還討論了老半天。有人主張摩托車因為體積小速度快，難打多了，所以，每打到一輛應該得兩分。但又有人表示，車體大小對打不打得到根本就沒影響，打到重型車或許比較容易，但是想讓這種車在兩百公尺範圍內就動彈不得，所必須引發的衝擊力道困難多多。我啊，我沒意見。我拒絕選邊站。表態很累人。我就喜歡孬。孬撫慰了我。由於這款遊戲到現在依然沒有任何聯盟，所以，最後在沒有遊戲聯盟下達指令的情況下，我們快刀斬亂麻，說好不計種類、速度、量體、國籍，打到任何一輛車都可得一分。我們經常玩。夏天也玩。春天也玩。盛大開玩的日子樂趣無窮，可是遊戲規則卻有點落漆，因為一有車子開得慢吞吞，就連瞎子都打得到，一彈斃命。管法務的布羅尼亞爾，還有勒格洛，就是我們的常勝軍。他們在計分表上拿下最多分，而且亮眼的新花樣也最引人矚目。布羅尼亞爾光靠一個不堪使用的訂書機，就搞壞了一輛匈牙利遊覽車。他技術高超，將釘書機發射出去，擋風玻璃應聲爆裂，逼得驚慌失措的司機硬是把方向往左邊那麼一打，憾事發生，遊覽車往橋墩猛衝而去。我們被震得連肚子都痛了。勒格洛則用一台碳粉匣撐不了兩天的舊影印機，把一輛時速兩百一十公里的摩托車噴得全車都是。天氣暖和的話，我們的另一半也會加入。我們正在組織一場女子賽事。她們的水準永遠不及我們。我不明白為什麼。我們連燒烤架都帶來了。大好時光。親朋好友樂融融。露天享用。暢飲冰鎮玫瑰紅葡萄酒。但願敬業精神，那可惡的壞疽，永遠也腐蝕不了我們的紀律。我們是業餘玩家，而且打算就這麼繼續下去。我知道有些人正在考慮別的運動場地。尤其是上有高鐵行駛的跨河大橋，甚至是機場。我看出這股歪風令人擔憂。倘若我們往那邊傾斜，只怕就要失去這款遊戲美好的創始精神。但，永遠不滿於自己所擁有的，這就是人的天性。

1 Dieuleveut，意譯為「上帝的旨意」，即「上天注定」之意。

VII.

教育學

我們的小孩念寄宿學校。很遠。每學期只回家一次。使得在這期間我都把他給忘了。我認為我太太應該也是。唷，你在家。對。這麼快。學期結束了。我都忘了。你也忘了去車站接我。是啊，因為我連你都忘了嘛。對。好。那你好嗎。第一個晚上不太好過，可是幾天後我就適應了。有時我甚至連他的名字都叫不太出來。我腦子有洞。埃里克。茱莉。伯諾瓦。還是蘇菲。所以我乾脆不叫。我都說我的乖兒子。我的乖兒子，還好嗎。要不就是我的乖女兒。怎麼樣。有沒有什麼新鮮事。什麼都沒。妳小學裡面。高中。妳已經上高中了。對。太棒了。你們都教些什麼啊。什麼都教一點。爸爸。我聽到她叫我爸爸覺得怪怪的。我沒辦法當個爸。爸爸。什麼事。學校正在教猶太大滅絕的事。又來了。我和我太太同時說出這句話。對。又來了。每年都一樣。對。這已經不是滅絕，而是老調重彈。我們笑了。我太太和我。我們的小孩沒笑。你們笑什麼笑。好幾百萬人在集中營裡面死去。對，好。我同意。但那已經很久了。何況大家也不確定。吃妳的雞肉。妳最愛吃這道雞肉。我特別為妳做的。不對。我向來都不吃肉。是嗎。什麼時候開始的。從我六歲開始。因為過敏。妳不記得了。我太太說不記得，同時看了我一眼。我也不記得過敏這件事。算了。回到猶太人。有沒有猶太人對雞肉或別的東西過敏啊。我儘量表現出有點興趣，骨子裡我才不在乎。管他猶太人還是雞肉。雞毛蒜皮史狂熱分子勒格洛老是對我說，納粹屠殺猶太人是好萊塢亂掰的。許多猶太人在好萊塢工作。電影院歸他們所有。我從不上電影院。電影是另一個世紀的藝術。沒多大營養。侷限。我比較喜歡走路。貨真價實的考驗。某天我們在負責中東業務的勒胡家吃了一個猶太人。他趁出差把他夾帶回來。藏在行李箱。猶太人喜歡到處趴趴走。跟黑人一樣。阿拉伯人。阿爾巴尼人。五花八門的難民。船。火車。自古皆然。他把猶太人養在地窖，養了四個月，養得肥滋滋，然後再把他給串燒烤了。不錯吃，但並無驚豔之處。搭配西班牙里奧哈葡萄美酒算還不錯，僅此而已。我不會再吃。我消化不良。烤全人的話，我比較喜歡羅馬尼亞人。羅馬尼亞人帶著一股誰都比不上的野味。肉質可嫩了。羅馬尼亞人，是桂察進口的。他甚至不必把他們藏在行李箱。他們不請自來。我說，除了猶太人，還教了什麼呢。我們吃起甜點。地球已經開始在進行科學化繁殖。好。我們得跟老師交配。好的，那又怎麼樣。不怎麼樣。女生和男生。對。老師男女通吃。招他進學校的上級領導一箭兩顧的好主意。當場打分數。太好了。我說蘇菲啊，結果妳幾分呢。爸爸。什麼事。我是史蒂芬。啊。史蒂芬也不錯啦，對不對，老婆。對，可是我比較喜歡蘇菲。

VIII.

世代交替

老人是個問題。要把他們放哪兒。他們明明不能生，偏偏卻還越來越多。地球會被沉重的老人壓到爆炸。還有窮人也是。窮人，就跟老人一樣。越來越多。要是所有窮人都是老人，可能就不會造成過剩。問題是，窮人也有年輕的。而老人也有有錢的。夯不啷噹加起來就很多。太多。「企業」對這點很有感。研討會。整個週末都在開。題目是：「你拿你家的老人怎麼辦」。在諾曼第召開。在隸屬於一對伯爵的大片產業中召開研討會。我的意思是伯爵和伯爵夫人。兩世紀前他們會是主人。如今只是開旅館的。他們滿臉堆笑，卑躬屈膝，迎接我們。跟奴才一個樣。我們離開的時候。我們偷情、打砲、睡過的床單已經洗得清潔溜溜，我們拉屎、撒尿過的廁所已經擦得啵兒亮。並非人人都那麼好命，有幸被送上斷頭台。研討會進展順利。主題很嚴肅。晚會稍微不嚴肅一點。旅館準備了餘興節目。貝洛特[1]比賽、樂透、疤痕紋身、烙印[2]入門，還有羽毛球、土風舞、綁縛工作坊。我報名參加最後這項。主持人是一位約莫六十來歲的乾癟寮國婦人，不苟言笑，外加剃了個大光頭。她只說寮國話。我唯一聽懂的詞是乳膠。可是乳膠才不算寮國風。每天晚上我都被她五花大綁得像根薩拉米香腸。我射精射到爆。到頭來，這筆帳還算划算。老人是個問題。對。我們全都同意。研討會主持人甚至還堅持派上數學公式A加B來向我們證明這一點。統計。圖形。百分比。上升曲線。演算。結論在在直指：老人真是個問題。不過，只要是問題就有辦法解決。大會要求我們身體力行。「企業」必須以身作則。我記了很多筆記。記下身體力行這一點，也記下所有別點。杜杭不知道自己在那裡搞屁。他是個孤兒。他家沒半個老人的原因很簡單，因為他根本就沒有家。勒普特赫就沒這麼好命。他父母健在，祖父母也健在，就連曾祖父母都健在。我則有我媽。禮拜天晚上回家途中我去看她。一個彎腰駝背的小鉤子。每個人都只有一個媽。看到你很開心。媽，我也是。你都不來看我。我要上班。我知道。你那口子還好吧。還好。孩子怎麼樣。八成也很好。你這週末在幹麼。開研討會。有意思。受益良多。主題是「你拿你家的老人怎麼辦」。你學到不少東西。對。你看。我媽因為白內障而白化的眼睛睜得大大的。我知道她看到的我只是個影子。一個被她喚為兒子的影子。我右手拿起她床頭櫃上的聖母像。聖母像一閃一閃，在黑暗中散發出一道美麗的藍色光芒。頭部是蛋白石做的，但身體是青銅。我拿雕像往我母親頭頂砸。聖母對我助益甚大。狠狠地砸。十八下。因為她收音機上有時間顯示，所以我才記得幾下。18:00。十八下。幸好我沒23:00才來。殺人很累人。即使是老年人。即使是自己的親生母親。我太太在家裡的餐桌上等我，面前擺著馬鈴薯牛肉醬。我最愛吃的一道菜。她手上端著一杯夏敦埃白酒。我也要一杯。我累斃了。我幫你倒。怎麼樣。什麼怎麼樣。研討會。很好。你學到不少東西。對。學到什麼。我學到老人的確是個問題。這個不用去諾曼第才知道。我們本來就知道。對。還學到什麼。綁縛。有個閨蜜跟我提過。她超愛。很好。你等等秀給我看。好。可是我們非買乳膠不可。我有記筆記。還要十公尺尼龍繩。好吧。還有呢。還有就是，我剛殺了我媽。啊，是嗎。為什麼。不為什麼。算是某種實證吧。怪不得你襯衫上有這麼多血。炒蛋免不了打破雞蛋。當然。好吃。她幾歲。八十二。一把年紀。對。我再幫你倒一點。樂意之至。放輕鬆。在家真好。不如你去看我媽吧。她幾歲來著。七十九。怎麼這麼快。對。時間過得真快。她會開心。妳說會就會。明天是她生日。

1 Belote，法式簡易橋牌。

2 la scarification et au branding，來自非洲部落文化的紋身方式，透過割傷皮膚、灼傷皮膚等方式，讓身體留下立體疤痕；後者是以燒熱的鐵鉗灼傷皮膚造成紋身效果，被視為「疤痕紋身」的一種。

IX.

安寧治療

洪丹得了癌症。企劃部的那個。對。什麼癌。什麼癌都有。什麼時候開始的。幾個月。幾年。我哪知。這種事又不會發在一夜之間。我們禮拜四要去看他。誰是我們。我和杜邦。你們幫我帶份禮物送他。送什麼送，他都快死了。回天乏術。啊。好歹可以送些什麼給癌症患者吧。跟他嗜好有關的東西。洪丹剛好不是個興趣廣泛的人。你早就這麼說過。我鑑往知來。送綠色植物。綠色植物。對。送這種禮物不會出錯。醫院總是陰森森的。看看綠色植物可以喚起生之喜悅。同時又沒有什麼味道，何況又不用吃它、讀它、喝它。病人什麼都不必做。妳說得沒錯。我睏了。我也是。我關燈。關。晚安。我做了一個奇怪的夢。我在夢中成了一根超級大鵰在鄉間晃蕩。我走到草地和母牛群間。與佃農擦身而過。野生動物。野豬。獾。狍子。鶺鴒。都沒有對我的外觀感到驚訝。我醒來時，怪了，兩條腿竟然無比沉重。醫院停車場都繞了三圈，就是找不到停車位。這麼多車，真是的。從哪兒冒出來這麼多人。杜邦有點不爽。天氣很熱。夏日開始發威。到底多大。你說什麼。那根大鵰。你到底大到多大。像樹一樣高大。不。比樹還高大，被你這麼一問，我就記起來了，有一會兒，我穿越森林時，大鵰最頂端超過樹梢。龜頭。對，龜頭。橡實[1]超過樹林。很合乎邏輯啊。令人難以置信。夢。對。夢。唷，車位。杜邦鬆了一口氣。停車時整個人都放鬆。他那張浮腫的臉又變得蒼白。我們下了車。我把綠色植物抱在懷裡。這是什麼品種來著。我哪知。你不怕太綠。你覺得。我覺得太綠。稍微有一點。但這只是我的看法。杜邦的反應有時很奇怪。你巨無霸陽具的事讓我想起幾個禮拜前做的一場夢。我正在插勒格洛的菊花。這跟我的巨無霸陽具有什麼關係。我從沒跟我遇到的任何生物發生性關係。就連佃農都沒。沒。就連跟狍子都沒。沒。到洪丹病房之前，我們沒再交談。癌症中心是一棟三層小樓房。小巧玲瓏。顏色亮麗。大窗戶。寬走廊。整體建築看似海水浴療場。洪丹的病房有著綠牆。他擺盪於白與灰之間。就連被單都非灰即白。我把綠色植物放在小桌子上。它跟牆面顏色融為一體。只看得到花盆。我就跟你說太綠了吧。杜邦贏了。我挑植物的時候，哪有辦法知道洪丹病房的顏色。我說洪丹哪。你氣色很好。一條碩大的管子從他嘴裡冒出。他只能發出老舊管道堵塞時的那種汩汩聲。你懂嗎。洪丹，或者該說他還剩下的部分，用他那雙眼睛看著我們，他那雙眼睛，在他那張瘦乾巴臉上占了大到不行的地方。他童山濯濯。眉毛光光。你啊，你把頭髮當成命根子。對吧，洪丹。你那頭濃髮。你還記得他的頭髮吧。杜邦點點頭。那又怎麼樣。我們都羨慕得要命。這下子全沒了。清潔溜溜。成了顆如假包換的撞球。你打過撞球吧。洪丹朝我們舉起右手，顫巍巍地，隨後手又掉了下去。他想說什麼。我哪知。護士進來。高大。壯碩。棕色毛髮和肌膚。她調快嗎啡點滴輸液。她又出去，留下一房間一股令人極其興奮的汗味。浪。我賭你每天都對她手來腳來。杜邦想法子讓氣氛輕鬆一點。我們兩個都笑了。洪丹沒笑。冷場。我清清嗓子。杜邦玩著點滴。你知道嗎，杜邦夢見肛交勒格洛。你幹麼跟他說這個。我也不知道。為說而說。沒話找話。杜邦狀似不快。要是我跟他說，你做了巨無霸陽具的夢呢。你儘管說啊。我不說。洪丹哪會對這個有興趣。你明明看到他的狀況。你想要他對我們做的夢怎麼樣。他自己都沒得做夢了。洪丹，你做夢嗎。洪丹突然開始躁動。我想我八成搞砸了。杜邦一直在扯點滴。怎麼啦。你看。點滴根本都沒在滴。這玩意兒真複雜。尤其是設計太爛。洪丹在病床上扭來扭去。他很痛苦。我覺得。等等。我把旋鈕朝兩個方向都轉轉看。旋鈕卡住。要不要叫護士。不用。這種小事不用麻煩她。洪丹哼哼唧唧得更大聲。你看他亂動得好厲害。洪丹，你的精氣神還旺得很嘛。杜邦為之讚嘆。我用牙齒啃著旋鈕。使勁咬緊。旋鈕斷了。滴滴答答成了涓涓細流。洪丹的身體倏地癱了下去。輸液瓶裡的液體不到十秒鐘就全輸進了他的靜脈。彎腳貨。八成是亞洲做的。什麼。點滴。對。你看洪丹。什麼。他沒在動了。是嗎。還有他的眼睛。睜得好大。你說得對。你認為他。不是沒可能。算我們走運。剛好趕上。對。既然如此，那我們就放他這樣吧。這樣才比較合理。

我們緩緩走向門口。綠色植物。怎麼樣。帶走。你覺得。他又不需要了。你說得對。人蔘榕。我回家後，我太太告訴我的。幸虧你沒把它留在病房。人參榕放房裡非常不好。病房就更甭提了。洪丹已經沒病沒痛了。是嗎。他死了。既然如此，那你把人參榕帶去他的葬禮吧。聰明。杜邦呢。怎麼樣。他做的夢。他做的夢怎麼樣。你認為他告訴勒格洛了嗎。

1 gland，一詞雙意。既可當「龜頭」，亦可當「橡實」解。

X.

闔家歡慶聖誕

我們等他等了好幾個鐘頭。我不喜歡遲到的人。我們受邀到布羅尼亞爾家。布羅尼亞爾今年也邀請了杜伯伊一家。杜伯伊是「企業」新成員。他娶了吉賽兒。大胸脯金髮小矮個美女。聖誕大餐我們早已吃完。鵝肝醬。牡蠣。火雞。奶酪。冰淇淋聖誕木柴蛋糕。孩子們不想和我們一起待在壁爐前。反正又沒人相信這種事。什麼小孩子嘛。他們上樓，才能玩電子遊戲玩個痛快。大人在樓下盡情暢飲。布羅尼亞爾建議玩脫衣撲克。在此期間。等他期間。玩就玩。不過增加了許多對輸家的懲罰。布羅尼亞爾他太太堅持。瑪麗喬。我的牌技挺不賴。我們圍成一圈。時間就這麼過去。午夜十二點半，我們全都光溜溜而且醉茫茫。我們錯過午夜彌撒。可惡。就是說嘛。杜伯伊哭了起來。我沒料到他這麼虔誠。怪的是我運氣不好。我老輸。害我不得不接受好多懲罰。舔瑪麗喬的生殖器部位。幫布羅尼亞爾吹喇叭。肛門被硬塞進一瓶香檳。插入窄到不行的吉賽兒裡面。一個人沒辦法老是當贏家。至於我太太，她的運氣好到令人無法相信。打完一局，竟然連襪子都沒脫。有聲音。妳確定。矮子的耳朵特別靈。布羅尼亞爾差點從醫。有嗎。我們靠到壁爐旁。還真的有。我們聽到聲音。我覺得是他。不然你以為是誰。然後他就掉了下來。就這麼突然。邊罵聲連連。伴隨著一大陣煤煙和灰燼。終於來了。來得可真早啊。我們等你等了好幾個鐘頭。我們畢竟還是有點小怒。不過是他的答覆才引發戰火。又不是只有你們。那又怎麼樣。什麼怎麼樣。又不是只有你們。你講話口氣好一點。你們幹麼都不穿衣服啊。關你什麼事。杜伯伊反應最快。不過他所處的位置也最理想就是了。就在爐膛邊上。他掄起撥火棒，把聖誕老公公打昏。接下來的夜晚時光，比上半場更有意思。我通常可是一點兒都不喜歡折磨人。但是折磨聖誕老公公，畢竟非同小可。他被牢牢綁在客廳的大安樂椅上，一副就是絕佳受害者的樣子。小孩子聽到叫聲，終於還是下樓來。你們在做什麼。我們在折磨聖誕老公公。為什麼。要他老實交代。交代什麼。一大堆東西。他從哪裡來。他住哪兒。到底是真還是假。他的馴鹿呢。他領多少錢。

誰招聘他的。一年裡其他時間，他都在幹什麼。有聖誕老婆婆嗎。我太太正在用蝸牛叉戳他的蛋蛋和雞雞。瑪麗喬將吃剩的火雞加熱，把滾燙的油往他嘴裡倒。吉賽兒用胡桃鉗軋碎他的腳趾。至於杜伯伊和布羅尼亞爾，他們則用牡蠣刀割他的頭皮。看起來容易，割起來可不簡單。我們也想玩。孩子們急得直跺腳。我把剛剛才從車庫拿來的電池充電器讓給他們。一點都不難。你們有兩個可以通電的電極。把鉗子的兩邊一一夾住聖誕老公公身體的某個部位，然後按這邊，通上電流。就像這樣。對。就像這樣。瞧他動得咧。這樣很正常。電流直接刺激他的神經。我這個學究被惹惱了。我們可以再按一遍嗎。可以。你想的話，甚至可以加強電流和電壓。這個紅色按鈕。對啦。你看。他動得厲害多了。你害我出亂子。布羅尼亞爾對杜伯伊大發雷霆。他剛戳瞎了聖誕老公公一隻眼睛。沒關係，還剩一隻。杜伯伊很務實。布羅尼亞爾這才平靜下來。戶外大雪紛飛。我將ＣＤ放進播放器。平安夜，聖善夜。我很好。在這個看似完美無瑕的場景中，畢竟還有什麼東西礙著我。搞了半天，我終於發現。香檳瓶。我把它從肛門拉出來。霎時感覺好多了。我開始東想西想。我們齊聚一堂。小孩和大人。親與子。同事和朋友。屋裡暖融融。火在壁爐裡劈哩啪啦響。孩子們笑盈盈。聖誕老公公不省人事。我們的另一伴一臉心滿意足。我懷抱無窮愛意望著我們這個小世界。我愛世代混雜，也愛因為世代混雜而找到令各世代都熱衷、共同沉迷的職志。都拜那古老神祕的聖誕魔法所賜，這些奇蹟才變得可能，淚水於是湧上眼簾。哈利路亞！

XI.

一個都不能留

這個小廣告是誰貼的。布林。商品促銷部門。對。我們站在專供張貼個人訊息的佈告欄前。我和莫雷爾。佈告欄貼著五花八門的小廣告。有同事在賣女僕，有的在找。幾台割草機。幾間山上的公寓。三隻西班牙長毛垂耳獵狗幼犬。一套火鍋用具。一輛水上摩托車。切成長五十公分柴爿的柴火。兩團蜂群。三個中規中矩的波蘭人。一畦有待開墾的土地。五十輛收藏用的小汽車模型。一根裝電池或插電皆可的假陽具和四個原廠接頭。一條四十二碼的皮長褲，可水洗。一些農場直銷的新鮮雞蛋。然後還有上帝。廣告就是這麼寫。賣上帝。兩千歲。狀態良好。可議價。你們在看什麼。布林的小廣告。廣告還在。你知道這件事。知道。桂察加入我們的討論。這個小廣告都貼了四個禮拜了。是嗎。四個禮拜。對。賣不出去。這還用說。誰想跟上帝打交道。什麼上帝不上帝的，早就沒戲唱了。布林被當冤大頭，算他活該。我當初就告訴他，他偏偏還要買。死腦筋。什麼時候買的。快一年了。誰賣給他的。調解部門的吉拉德。好一個人渣。他把他給騙慘了。我先失陪一下。斯堪的納維亞分公司的整個組織架構得重新再看一遍。莫雷爾和我兩個人邊緊盯著布林的廣告不放，邊喝完從販賣機買來的塑膠杯咖啡。布林。耶穌升天日那天，你請他來過我們家的那個。對。就是他。水管工人正在通我太太。他幹麼要擺脫祂啊。我不知道。你覺得他到我們家前就已經有祂了嗎。我哪知。我差不多快通好了。水管工人迭聲道歉。我沒關係。你慢慢來。都是我不好。我稍微提早了一點回家。他不好辦事。你說水管工人。不是。我是說布林。我想也是。誰要跟他買上帝。我是說真的。何況那個價格。可議價。一看就知道。花不了幾個錢就能買到手。買了要拿上帝怎麼辦。我不知道。上帝總歸有點用處吧，沒嗎。你這個書呆子。水管工人幹完了。正在把褲子提上去。他賞了我太太屁股一掌，跟我打聲招呼後就走了。我聽到他的麵包車駛遠。我太太這會兒正在沖澡。嘴裡還哼著歌。我坐在馬桶上。不過，我又想到上帝。妳不認為這筆生意很划算嗎。划算。對。就像你去年向勒胡買的鑽孔機一樣划算。我沒花什麼錢就買到了。或許是，可是那台鑽孔機壓根兒就沒用過。有。好歹用了幾天。你啊，你就是滿腦子餿主意。那個廣告貼多久啦。四個禮拜。四個禮拜都乏人問津，你不覺得奇怪嗎。把毛巾遞給我。忘了吧。忘了上帝。妳說得八成沒錯。我當然沒錯。我寧可花錢買個新微波爐。他害我好痛。誰。水管工人。妳比較喜歡電工。沒得比。我幫我太太擦乾後，就去健身房做划船運動。我又想到上帝。我想知道布林賣出上帝前，把祂存放在哪裡。隨後我就把祂給忘了。我一划就划了一鐘頭。

XII.

寵物

跟我來。波納朝我們打了個暗號。我們正在喝咖啡。他太太歐黛特咯咯笑了起來。我應該知道他帶他們去哪兒。親愛的，別說。我要給他們驚喜。我討厭驚喜。驚喜從來沒有驚到我。不過我不得不說，這次我還真的被驚到。歐黛特對我們眨眨眼。波納家的地下室說有多普通就有多普通。酒窖。健身房。食物儲藏室。我和我太太有時會受邀到這裡參加變裝趴，他都把歐黛特綁在他親手做的工作台上。門開了一扇又一扇。在那兒。那什麼那。啊啊。你們準備好了沒。你很煩欸。勒格洛等得不耐煩。波納邊打開那扇門邊拍胸脯保證，我們絕對會覺得不虛此行。我們果然覺得。一個按摩浴缸。不算是。看清楚。明明就像按摩浴缸。沒有泡泡。的確沒有。靠近一點。我們靠過去。魚。對。五條大小不同的魚在翻騰的水中游來游去。你把按摩浴缸變成水族箱。波納笑了出來，沒多說半個字，卻動手解開長褲扣子。你們也解開啊。他連內褲都脫了。你們也脫啊。他的陽具又長又彎。我永遠也沒想到他的竟然這麼長。我每次都看鼻子猜陽具大小，可是不怎麼準。看女人的眉毛還比較準。從女人眉毛看陰毛顏色準到不行。問題是，現在大多數女性都將陰部剃了個精光。要不就剃眉毛。甚至兩者都剃。來啊。波納兩隻腳已經在水裡。勒格洛聳聳肩。有什麼好怕的。他也脫下長褲和內褲。他的老二沒讓我驚訝。我看過。我老婆從以前起就超愛。短小精幹。牛頭犬之類的。我學他們，也脫了。這會兒我們三個都光著下半身。襯衫還穿在身上。波納坐進按摩浴缸，臀部和腿部沒入水中。他的陽具沒入水面十公分以下，看起來更長更彎。我說你倒是過來啊，你他媽的怕個什麼勁兒。我們剛下浴缸時，魚都躲到對面，靠在邊上。五條都是。一條挨著一條。跟我們有點像。水溫溫的。舒服。而這會兒。勒格洛又不耐煩了。稍安勿躁。波納嘴角還是掛著笑。大約二十秒後，那幾條魚開始有動作。魚群瓦解。一條，帶點綠色又圓滾滾的魚，游近我們那位大腿微微張開的主人。看好了。我們正在看。只見波納半瞇著眼睛，那條魚張大嘴巴，把他的龜頭吞入口中。那條魚的每片魚鰭都在一開一闔，儘可能把我們這位身處九重天的同事的陽具給吞下去。就在這時，我感覺有東西搔得我大腿癢癢的。原來是另一條魚，別的種類，比吸波納的那條大得多。這條魚企圖用嘴巴含住我的屌，可是因為我雙腿夾緊，所以牠辦不到。放輕鬆。又不是食人魚。波納連聲音都變了。變得比較柔。輕飄飄。他的那條魚，專心致志，對著他一吸一吐。我張開大腿，這條魚衝著被解放的性器，一撲而上。天堂的確存在。吉光片羽。僅需找回碎片，重新縫合。勒格洛很快就洩了。第一個。八成是因為他早洩的毛病。索蘭姬有點失望。索蘭姬是誰啊。吸你的那條冬穴魚啊，拜託。你還給牠們取名字。對。我們很愛牠們。我們正在穿回褲子。那我這條呢。你這條是錦鯉。算你走運。你這條雄錦鯉是最棒的。最棒的雄錦鯉。對。羅伯。羅伯。因為牠是雄的。得了吧，不過就是條魚。我還是寧願是條雌的。其實骨子裡我只有稍微覺得怪怪的而已。我爽到沒話說。沒有任何一張女性的嘴，足以跟這條魚的嘴媲美。緊實度。彈性。黏度。外加精力源源不絕。我爽到邊大叫，邊射在羅伯嘴裡。我最美好的性高潮。波納和勒格洛也拍手稱妙，他們比我還早就射了。下次歐黛特再約你太太過來。索蘭姬愛死陰蒂，貝蘭潔和馬希爾也是，就是你們看到在角落的那兩條鲃魚。魚不可貌相，牠們可是小壞蛋呢。但願這些動物沒病。我們回家後，我太太用放大鏡檢查我的性器。我們在浴室裡。免驚啦。波納拍胸脯保證過，牠們健康得不得了。被魚吸欻，魚畢竟還是魚。她似乎不做如是想。妳自己還不是被來家裡幹活的工匠插得很爽。那不一樣。不太一樣。我躺在床上，東想西想。我太太刷了牙，隨後又在漱口。咕嘟咕嘟。我說。說什麼。咕嘟咕嘟。你哥還想把他的大水族箱弄走嗎。咕嘟咕嘟。不想了。他已經賣掉了。啊。咕嘟咕嘟。可惜。可什麼惜。咕嘟咕嘟。沒什麼。

XIII.

單一配偶制

前幾天我太太死了。毫無預警。這個沒情沒意的人。我立刻找人取代。我選了一個一模一樣的。有什麼好換的呢。葬禮當天，我還和她一起參加。所有同事都跑了這一趟。杜杭走過來。狀似驚訝。你太太不是過世了嗎。沒錯，否則我們就不會在這兒。那她呢。這位是我太太。所以我才這麼問你啊。你沒聽懂我的意思。這是另外一個。可是她看起來跟你太太一模一樣。當然像，因為我選了同一個。是嗎。我討厭改變。這款還有生產，但不久後就會停產。算我好運。你一直都很好運。杜杭有點酸不溜丟。他太太永遠都不死。儀式匆匆結束。大家要我說幾句話彰顯我太太。我不痛不癢地說了幾句。我把重點擺在她的優點。我一點都沒提到她的缺點。我覺得那樣不得體。反正就算她有缺點，想甩掉她，也已經太遲了。我加上一句：我會想念她。她是無可取代的。我看到好多人目中含淚。大家親親我。拍拍我的肩膀。緊緊擁抱我。我牽起我太太的手，跟在擺著我太太棺材的靈車後面。我們到了火葬場。這裡我來過好幾次。來參加別人的葬禮。

比方說杜蒙的，他因為一場愚蠢的賭注而在員工餐廳一命嗚呼，就死在我們眼皮子底下。他信誓旦旦，說他吞得下一整根叉子。但勒格洛和我，我們賭他吞不下。賭注只是象徵性的意思意思而已。讓他太太當我們兩個月的性奴隸。杜蒙拿起叉子。他張大嘴巴，硬把叉子塞進喉嚨。試圖嚥下去。沒成功。隨後又想吐出來。也沒成功。不到十分鐘，就因痛苦得要命而撒手人寰。我們愛莫能助。他輸了。我們贏了。勒格洛就說出這幾個字。杜蒙不到一個鐘頭就了結。他太太和小孩坐在火葬場等候室裡。坐在酒紅色的天鵝絨椅子上。儀式進行期間我們都保持沉默。我想到叉子。我兀自納悶，不知道叉子還在不在杜蒙的喉嚨裡，還是有人把它摳出來了。過了一會兒，職員抱著骨灰罈給他遺孀。隨後我們就把她送到勒格洛家。我們抽過籤，結果他贏得第一個月的性奴役。等待期間，骨灰罈由我保管。下個月換我們接待她。我和我太太派上十八招，要她招招照練。雞姦。尿道姦。獸姦。變裝姦。後來我們就膩了。什麼都膩。非常快。我們送她回她家。帶著她的骨灰罈。骨灰還有叉子。我想啊想，時間就這麼打發過去。我又想到杜蒙是對的。葬禮已經結束。職員把裡面有我太太燒剩下來東西的骨灰罈遞給我。我太太挽著我的胳膊，同事們臨走前再拍了拍我的肩膀。他們要我節哀順變。我們回到家裡。我們要把她放哪兒。什麼東西。你太太。我是說骨灰罈。啊，對喔，骨灰罈。我哪知啊我，放車庫。放車庫。對。車庫哪。進車庫左邊最後一個架子上。這邊。對，放在其他幾個骨灰罈旁邊。

XIV.

跨世代連結

你不是挺愛你奶奶的嗎。對。所以呢。所以我吃不下。我不懂愛，我也不懂忘恩負義。我很遺憾，不過這些還是得全部吃完。我不餓了。一小塊。再一點點就好。看。這塊。我不喜歡心臟。你奶奶要是聽到你這麼說會傷心。她一向都把心掏出來讓對方握在手裡。是沒錯，可是現在她的心在我的盤子裡。說話少帶刺。反正她再也聽不到了。這不是理由。你就放過他吧。住口。我是孩子的爸。我知道什麼對他好。不想吃我媽的心臟，我把這當成是對她的一種冒犯。妳兒子忘恩負義。提醒你一下，她是女兒。不重要。忘恩負義沒有性別之分。傅尼耶聽我講話不太專心。我把我們前一天吃不下的晚餐帶給他。連吃三餐同樣的東西，而且還有剩。我媽怎麼吃都吃不完。甭提了。我繼父少說還有一半在冰箱裡。我太太都不知道該怎麼烹調了呢。什麼方式都用過。紅燒。搭配醬汁。火鍋。肉醬。燒烤。煨的。醃的。肉丸。串燒。肉凍。冷肉蘸美乃滋。我再也受不了了。我們得吃肝臟的那天還更嗆。一個酒鬼。你可以想像他的肝臟有多大。味道就更甭提了。最差的還不是味道。茴香味。最難下嚥是質地。又硬，又跟海綿似的。這條法律很奇怪。我不懂。吃掉自己家裡死去的人，比埋掉、燒掉他們環保；我們怎麼會相信這種鬼話。政治讓我悶悶不樂。令我懷疑。害我厭世。我遠遠表示關心即可。票，我一定會投，只不過投得很心虛。執政者的膚色也改變不了這個世界的樣子。我忍。我們忍。還有它們也是。市場法則和氣候法則。耗弱。悲傷。我太太送她朋友回家。今天是禮拜二。她們每週聚會一次。一下這家，一下那家。探索人體。她們圍成圈圈。裸裎。兩腿開開。她們進行合成陽具比較測試。她們打分數。爽一下。隨後喝茶。當家庭主婦很無趣。所以咧。探索。對。一根黑屌。碳製。拿去唄。超特殊。又軟又輕。超大。還有入珠。配備人工智能。一聽出主人的聲音就會脹大振動。外加還會說話。幾句簡單的話。妳好。好好享受吧。包妳爽。騷貨。妳還要。看我操爆妳的小妹妹。我還以為妳不喜歡黑人。兩者毫無關係。我們這會兒只討論陰莖。當然。我們吃什麼。你媽。又吃這個。我們進攻左大腿。我用白葡萄酒煨的。大腿。只煮了一部分。大腿根部。夠我們兩個吃上十天。還有我們的女兒。妳是說我們的兒子。我還以為是女兒。他在他房裡。他在複習。複習什麼。解剖學。好。我讓我太太擺桌子。我打開雜誌。並沒有很注意看，隨便翻翻而已。我想到我媽。突然靈機一動。燻肉室。我可以在花園一隅裝一間燻肉室，然後就可以把我媽剩下的部分給燻了。火腿。格勞賓登肉乾[1]加工法。要不貝洛塔貝洛塔[2]火腿也好。這樣我們就不必非得立刻全部吃完不可。燻肉可以保存好幾年。最早期的人類就深諳此道。我要買台專業的片肉機。日耳曼製，純金屬打造。跟朋友享受冰鎮薩瓦美酒的時候，是一道再好不過的開胃小菜。雅碧梅。希南貝傑宏[3]。沒人會懷疑是我老媽。一間燻肉室。你知道桂察家的兩個孩子走了嗎。不會吧。不可能。就是可能。什麼時候。昨天。怎麼會。放學時被校車撞到。這種事就是會發生。多大了。三歲和五歲。他們保留不了多長時間。我就是這麼對約瑟琳・桂察說的。還有就是，這個年齡正嫩著呢。哪怕不餓也想吃。蒸肉的食譜，我給了她，反正我從來用不到。也可以做成義式生肉片。他們也可以試試韃靼生肉排。你媽就不能這麼料理。老皮韌肉。我幫你盛。好。謝謝。請別給我太多肥肉。恐怕你還是會吃到肥的。你媽身上的脂肪也不少。

1 des Grisons，Grisons為瑞士一州，一般習慣以德文Bündnerfleisch稱之。該州特產風乾醃肉。

2 Bellota bellota，西班牙伊比利火腿品牌。Bellota在西班牙文中原意為「橡實」。

3 Abymes和Chignin-bergeron，兩者均為法國東南部薩瓦一帶的知名白葡萄酒產區。

XV.

縮短社會鴻溝

政府不久前才剛把窮人圈禁起來。這樣好多了。不能再這樣下去。在一個以雙速並行的社會裡，富者花時間讓自己變得越富，窮者亦然，窮者越窮，後者跟前者處於同一空間一點用都沒有。只會害自己痛苦又羨慕。政府採取行動。難得政府表現良好一次。政府把所有找得到的窮人全聚在一起。有些人可能跑了，但他們又能跑到哪兒去。跑進樹林。跑進敵國陣營。他們在那兒活不下去。窮人被聚在運動場，以免造成他們創傷。這些地方他們熟得很，喜歡得很，他們經常為了邊喝啤酒邊觀看他們最喜歡的運動，足球比賽，把這些地方塞得滿滿。他們要是看足球賽，就會在看台上，不過也會在草坪上看就是了。他們八成覺得這樣很怪。八成也感到開心，因為他們今天來到昨天他們的足球英雄才剛出現的運動場上。生命為懂得耐心等候的人預留了不少樂趣。接下來兩天，政府將他們分門別類，標上記號。低調進行。左前臂被刺上非常淡的刺青。用藍墨水刺的。就一個數字而已。然後他們就被塞進火車。往窮人園區開去。在那遙遠的地方。我是說，離我們很遙遠的地方。靠近內地那邊。在氣候令人心曠神怡的沙漠地帶。窮人的皮粗得很。耐操能力驚人。為了去除細微差別又不造成嫉妒，我們發給他們每人一套制服，漂亮的長褲和討喜的藍白條紋帆布襯衫組合而成。輕盈又舒適，外加永不退流行之類的。不會因為時間而淘汰。窮人園區像什麼樣子。我可以回答。我們上個月參觀過一個。那次出差由工作委員會發起。我們在遊覽車上笑得可開心了。還唱了歌。司機你要是冠軍就按按蘑菇[1]。我們下榻於一間現代化設施齊全、裝備應有盡有的精品旅館，桑拿啦、土耳其浴啦、按摩啦、十八洞高爾夫球場啦、香檳噴泉啦、生蠔吧啦、亞洲禮儀小姐啦，既溫順又飢渴，中非的男性啦，烏干達人，要不就是肯亞人，一天二十四小時均可提供客房服務。美好的一晚。我太太按捺住自己的排外心態，還跟他們交配了八回合。我啊，我看電視。我只有在旅館才會打開電視。我對電視興趣缺缺。可是我看的是動來動去的顏色和形狀。他們話很多。一種以一百多個詞組成的語言。我很快就呼呼大睡。

隔天，我們搭著車頂有天窗的小型電動車進了園區。時值用餐時分。窮人乖乖地在宿舍外等著，雅緻的木頭棚屋可以容納百來個窮人。有人分給他們一碗很好喝的清湯，還有四分之一大塊的黑麵包。陪同的窮人園區主任告訴我們，到了晚上，窮人還有權享用同樣一餐。不怕把他們慣得不像話嗎。布羅尼亞爾他太太性喜發問。建立一種尊重與憐憫的關聯很重要。主任自詡為教育工作者。我太太正在塞鼻子。氣味還真的有點重。他們為什麼在雪地上還打赤腳。我們給他們沒鞋帶的鞋子，以防他們上吊，結果他們老是搞丟鞋子。接下來我們去了他們的工作地點。窮人在壯觀的露天採石場雕刻一座宏偉的大樓梯。成千上萬個窮人使盡全力揮舞著錘子和鑿子，在這個一望無際的工地裡，用雙手幹活，眼前這種法老奇觀把我們給震懾住。已經蓋了六百三十九級階梯。這座樓梯通往何處。這次輪到勒胡發問。哪兒都通不了。只是盡可能讓他們有事幹。反正他們又沒抱怨。窮人無所事事。所以才會窮。窮人園區具備教育和再教育的一面。我非常重視這點。

這個點子好棒棒。我們中間有好多人，站在車上，上半身從開著的車頂天窗探出去，拍了好多照片。布羅尼亞爾他太太扔給扛著大石頭的小毛頭一把糖果。蠢婦。明明就規定禁止餵食。到處都有牌子提醒這件事。窮小孩立即拋下石頭，半斜著衝過來撿拾。有一個留在原地不動。八成是死了。主任將布羅尼亞爾的太太訓斥了一番。隨後她老公又罵了她。破壞了氣氛。我們靜靜回到旅館，熱騰騰的飯菜已經在等著我們。我被凍得臉紅，外加雙腳結冰。我來回拿了四次醬豬肉。熱烘烘的酒直衝我太太腦門。她在哼著歌呢。好舒服。極富教育意義的一天。我們透過思索差異，意識到差異自有其獨特性。幸福有時僅在於一些微小不言的東西。隔天，早餐時，布羅尼亞爾把他太太給休了。他無法原諒她前一天出的槌。布羅尼亞爾可不會拿規定開玩笑。他把她扔出旅館。由於她出身貧寒，倏忽間，她發現自己又成了窮人。主任決定表示一下心意。他親自送她進了窮人園區。

1 法國公路搞笑歌曲。主要是靠champion（冠軍）和champignon（蘑菇）兩者諧音造成笑點。

XVI.

控制生育

這是什麼。這個。對。胎兒。誰的。右邊三個是我太太的。另外兩個是我女兒的。你女兒。你看，是雙胞胎。她懷過孕。對。我不是故意的。我把她和我太太搞混了。烏漆抹黑的，就是會發生這種事。那是在大白天。大白天也會發生這種事。會。我想都不會想到這些是胎兒。說得也是，其實我們沒有真的看過。你的意思是壓根兒就沒看過。看起來像乾的舊海綿。說了你不信，有一天我還真的搞混了。我拿來洗車。你經常搞混。我心不在焉。用來擦車好用嗎。我跟你打包票，一點都不好用。我們在杜伯伊的車庫。我幫他一把。他不太會修修弄弄。他不會修電鋸。小螺絲起子給我。這把。不是。十字型的。喏。謝啦。那你呢。我什麼我。你好嗎。你也要把它們弄乾。不。不會這麼快。我太太反對墮胎。啊。對。宗教理念。我懂。我尊重。所以囉。所以她要懷到足月。她先在家裡生。我再把新生兒送去冷凍。直接送去。直接送去。我不能拖。我怕她產生感情。禮拜六是個奇怪的日子。禮拜天無聊得要命。這我們都知道。至於禮拜六嘛，則比較不一定。禮拜六有可能淡到不行，甚至比禮拜天更沒救，要不就正好相反，間或有些短暫的歡樂時刻。禮拜六就是這樣。話說我正瀕臨陷入憂鬱邊緣，剛好杜伯伊叩我。我的電鋸有毛病。我鋸到一半就停了。要不要我過去一趟。你人真好。我到了。我喜歡為別人服務。因為我愛人人。極愛。倘若沒有貢獻些許時間和愛心給同伴，那麼人類在地球上的短暫停留會成了什麼。我又想到冷凍櫃這件事。是嗎。你的冷凍櫃很特別嗎。沒。我只有一個。大容量。櫥櫃式的還是衣櫃式的。衣櫃。下面兩個抽屜預留給新生兒用。兩個抽屜。我太太生了好多個。抽屜幾乎全滿了。她遵循教皇禁令。拒絕任何避孕措施。我懂。拜託，像這樣拿好電線，我才能把螺絲重新旋緊。像這樣。對。杜伯伊若有所思。你搬家的時候怎麼辦。我把它們放進冰窖。我說你幹麼不把它們丟掉。你都把胎兒保存得好好的。對。老婆捨不得啊。沒錯。有時候我太太想看看它們。那我就打開抽屜。讓她瞧瞧。她就會哭。沒。她就會數一數。喏，現在應該好了。試用看看。電鋸又變得好用得不得了。好耶。你好強。我們上樓回到客廳。杜伯伊他爸整個人大咧咧躺在安樂椅上，牙關緊閉。我們可以解決你爸了。杜伯伊插上電鋸。鋸子振動，響聲清脆，彷彿悅耳的室內樂。金屬聲。莫扎特的。我是說幾乎是。他父親長了壞疽的那條腿鋸到一半，電鋸就壞了。一眨眼的工夫，杜伯伊大功告成。好啦，老爸。他父親邊盯著地毯上那半截壞腿，邊嚷道：你幫我再謝謝你朋友。

XVII.

逝去的親人

杜穆林他太太非要跟他說話不可。可是杜穆林已經過世了。死得很冤枉。非常冤枉。他跟中國人談生意談得正起勁。正忙著吹噓業務成長曲線，吹到一半，倒在桌上。心臟衰竭。中國人連動都沒動。我服了這個民族的沉穩。他們坐在原位，等了兩個鐘頭。等杜穆林恢復意識。他永遠都沒恢復。這還用說。中國人根本就沒簽合約。迷信。杜穆林他太太堅持。我急著要跟他說話。非常重要。非常。好。那我們該怎麼辦呢。我太太茫然不知所措。妳給我出了個難題。找靈媒。好主意。靈媒這個點子，其實沒妳想像中來得好。萬一靈媒不怎麼樣的話呢。畢竟，醫生有好有壞，修車工人有好有壞，連環殺手有好有壞。靈媒八成也有好有壞。所以呢。杜穆林太太在等結果。靈媒摸著水晶球。妳看到他了嗎。看到了。可是他不想說話。他不想說話。不想。為什麼。他不想說出原因。那我直接跟他說怎麼樣。不行。一切都得透過我，可是他偏偏不想聽我說。杜穆林他太太感到失望。那我們請出杯仙試試看怎麼樣。杯仙是我提出來的。試就試吧。你認為可以。杜穆林他太太似乎灰心喪氣。不入虎穴焉得虎子。我們試了。下一個禮拜六試的。我們三個全圍著桌子，再加上勒格洛。我們的手指按著一個杯底朝天的玻璃杯，杯子周遭事先已擺上字母表中的所有字母，還有從0到9的數字。開始。我們開始吧。我們專心致志。玻璃杯突然開始動得飛快，邊動還邊指了好幾個字母。我在。我在這。玻璃杯在說話。你真的是杜穆林嗎。我是杜穆林。他太太難以置信。我們也是。我說，天堂怎麼樣啊。勒格洛想讓氣氛輕鬆一點。我不知道。我什麼都沒看見。黑漆漆一片。就我一個人。沒有聲音。沒有人。你一定無聊到爆。有一點。沒有很快過來。什麼東西應該很快過去。我不知道。我什麼都不知道。我在等，可是什麼都沒發生。我可能被遺忘了。那個裡面有杜穆林的玻璃杯狀似難過。我啊，我可沒忘了你。杜穆林他太太，她可不難過。玻璃杯看起來興高采烈。又往字母那邊飛去，好像在跳舞。我就知道，妳永遠不會忘記我。我非跟你說話不可。我也是。玻璃杯歡天喜地。我有成千上萬件事要告訴妳。我只有一件。杜穆林他太太邊阻斷他的行進軌跡，邊打斷他的話。你把我媽三年前送我們的聖誕禮物，就是那套吃烤起司的餐具放哪去了。打從你死後的隔天起，我就找個沒完。玻璃杯沒吭聲。杜穆林再也不動了。你還在嗎，杜穆林。回答我們啊。勒格洛對著空氣講話。杜穆林再也不回答。他太太火大，抓起玻璃杯朝牆上一扔。玻璃杯炸裂，一陣晶瑩剔透的雨應聲落下。他一向是個大人渣。也是個可惡的笨蛋。勒格洛火上加油。都怪他，害我們跟中國人沒談成生意。杜穆林他太太站起身來。都怪這個混蛋，害我只好做勃艮第火鍋。我們感到同情。勃艮第火鍋很好吃啊。但烤起司畢竟是另外一回事。

XVIII.

權利混同[1]——有償取得

「企業」大樓對面，是一座銀行大樓。「銀行」提供「企業」融資，「企業」將盈餘存入「銀行」。兩座大樓一般高。很高。睥睨本區所有其他大樓。那些小銀行和小企業的大樓。我們比它們高高在上甚多。不啻為兩個世界。「企業」和「銀行」的世界，以及，低低在下，差了我們十萬八千里，陷入人類翻滾蒸騰的那個烏煙瘴氣的世界。萬一這兩座大樓隨便那座崩塌，會發生什麼事。另一座也會崩塌。它們彼此過於依賴。就某種程度上，可說是雙子星塔。對。那我們呢。我們就會跳下去。那麼全都垮了。對。全部。不過「銀行」或「企業」絕對不會有任何傷到自己的風險。不會。我是說不會立刻。為什麼。因為在我們倒下之前，所有小銀行和小企業的小塔會先崩塌。啊。對。萬一我們倒了，如果我們真的會倒的話，衝擊力道也會因它們的瓦礫而得到緩衝。我們會比較不痛。事實上我們什麼也感覺不到。下面會有死人。他們可以幫我們墊背。就跟消防員幫跳樓的人準備救生墊那樣。你們在做什麼。勒普特赫跟我提到財務機制和拆遷的事。我可以跟你們坐嗎。布林沒等我們回答。就把托盤放在我們桌上，一屁股坐了下來。他把他的芹菜蛋黃醬沙拉分給我們吃，以向我們示好。可是我們已經在吃甜點了。勒普特赫吃焦糖奶油雞蛋布丁。我的是米布丁。你們知道，對面「銀行」出了什麼事嗎。布林想引我們注意。不知道。被收購了。被收購了。被收購了。被誰收購了。下面的小銀行。不會吧。就會。所以就造成。結果就是。我們再也不屬於「銀行」了。我們屬於那些小銀行。那麼那些小銀行，它們又屬於誰呢。小企業。你們吃不下的麵包，我吃囉。還真他媽的。勒普特赫不敢相信。你說了算。對你會有差嗎。我太太正在修指甲。我剛才全跟她說了。我不知道。我們什麼都還沒被告知。這些收購都很複雜。對。搞不好我會沒工作。是嗎。對我們會有差。畢竟還是會有差。我們再也不能過一樣的日子。所以呢。所以，我可能不得不把妳給賣了。你沒我行嗎。認識妳以前，沒妳，我也過得好好的，我想我應該可以再這樣。當然可以。不過妳放心，我不會隨隨便便就把妳賣掉。我太太連頭都沒抬。她繼續把腳趾甲塗上一層閃閃發亮的大紅蔻丹。她這麼老神在在令我不爽。對我的命運和她的命運滿不在乎。我不禁思索起存在之脆弱與週遭一切之玄奧。到了夜裡，我夢見對面「銀行」大樓從景觀中消失，我發現自己望著這個景觀時，雙腳懸空。我醒來時大汗淋漓。我開了燈。我太太睡著。大難臨頭，竟然還如此淡定，害我驀地失去控制。我下了床。取下五斗櫃上方、用來打大型獵物的卡賓槍。我塞進三顆子彈到彈匣。我扣下扳機，我太太腦袋開花。枕頭旋即染上與她指甲相同的顏色。我又回床去睡。這個嚴重的狩獵意外，等等總有時間向警方解釋。我很快又入睡。我比較輕鬆了。幾乎稱得上開心。隔天，幫我作筆錄的隊長向我表示同情。他完全理解，大半夜能偷偷摸摸穿過臥室的我，要瞄準野豬卻瞄不準。幾天後，我和勒普特赫在員工餐廳共進午餐，布林又在我們旁邊坐了下來。他先對氣象和視覺藝術新趨勢評論了一番，隨後正式駁斥了之前他跟我們提過「銀行」轉讓的那件事。空穴來風。市場謠傳。我被矇了。何況你們看哪，

「銀行」高塔還在那兒呢。跟「企業」這座一般穩當。我和勒普特赫對看一眼，聳了聳肩。我可以用我的黃瓜冷盤換你的塔布雷[2]嗎。我把我的塔布雷讓給布林。我不太喜歡吃粗麥粉。其實我討厭吃黃瓜。那上帝咧。上什麼帝。布林細嚼慢嚥著原本是我的的他的塔布雷。你終於把祂轉讓出去了沒。

1 Confusion，指許多物混合在一起難以區分，或指所有權分屬多人的物混同在一起無法加以識別。
2 taboulé，一種用粗麥粉、切碎的番茄、洋蔥、香芹加上橄欖油、檸檬汁等作料做的黎巴嫩拌菜。

XIX.

電子商務

我把我太太放上網。得為自己愛的人找個好歸宿。網上有何不可呢。杜邦就把他的狗放在上面。趴好。就像這樣。對。再一張。寶貝，大腿再開一點。好。很好。不要再動了。我的小妹妹看得清楚嗎。清楚。還有我的小花蕊。我的小花蕊看得夠不夠清楚。放心吧，包妳清楚。我太太天生窮緊張。外加完美主義者。喀哩。喀嚓。我們換了好多姿勢和道具。不到半個鐘頭，我就拍了七百五十三張數位照片。我太太披上浴袍。中國綢綢。中國。我修了圖。全部。幾乎。我們是誰啊。不要說話。我好像感冒了。八成是因為瓷磚的關係。我們這些小樓房裡，大部份地板都鋪著瓷磚。廚房。起居室。客廳。房間。醜到爆，但實用。冷冰冰。有點像我們。我們還有兩個車庫。每家都有。雖然通常家家戶戶都有三輛車。車很重要。非常。我們這輩子大多花在車上。所以呢。所以，我在檢查啊。有幾張拍得超棒。我看。妳看。我太太看著自己。我變肥了。哪有。我的乳房。妳的乳房怎麼啦。你不覺得比去年更下垂嗎。去年。除夕夜在勒格洛家拍的那部影片裡面。不覺得。只是取景和鏡頭的問題啦。這個是什麼啊。妳的小陰唇的放大畫面。怪怪。怎麼啦。看起來像朵異國奇花。對。或是鈣結石。對。人哪，絕對不知道自己到底長什麼樣。我太太想得出神。我看我還是別再除毛了。為什麼。現在毛又重新流行。這是明擺著的。我在雜誌上看到。毛會對你造成困擾嗎。不會。管妳沒毛還是雜毛，我都愛，因為我愛妳。你這話說得好美。你該寫詩。不要。詩人不是發瘋，就是酗酒而死。更何況這年頭沒人讀詩。這倒是真的。你打算怎麼處理這些照片。我想讓大家看到妳。看到妳這樣。對。我愛死那張有香蕉的。我覺得那張一點都不做作，好自然。真的是渾然天成。對。在我們這種地方，畢竟沒人每天帶著香蕉逛大街。你覺得。其實我什麼都不知道。那妳最喜歡哪張。我太太想了想。可能是烤麵包機那張吧。為什麼。我覺得那張優雅。她去沖澡。我把照片放上網。立刻。如今這個世界很小。小不拉嘰。息息相關。天涯若比鄰。彈指之間，全球便不請自來，出現在我電腦。現在已經有超過六十億的人對我太太品頭論足，然而幾秒鐘前他們對她這個人的存在還一無所知。對你有什麼影響嗎。我不知道。稍微有點暈淘淘的吧。格洛尚看著我。我們正在搭電梯去辦公室的途中。我到三十八樓。他到五十七樓。怎樣。不怎樣。有怎樣，你一副心不在焉的樣子。我在想你太太。為什麼。因為我在想我的。你也把她放在網上。對。上傳到社群網站。不會吧。我要賣她。你有標定價，還是用拍賣的。拍賣。明天晚上十點十三分結標。格洛尚緊張兮兮。你臉色不太好。我好擔心。為什麼。到現在都沒人出價。是嗎。我該說什麼來安慰同事呢。我們已經到了二十九樓。買家通常都到最後幾秒才出價啦。啊。他們有專門出價的軟體。啊。對。莫雷爾跟我說過，我還不信呢。你該信的。你說了算。三十八樓。我到了。我繼續搭。那你就繼續搭吧。祝你有美好的一天。格洛尚走出去，電梯門又關上。我一進辦公室，立刻上網看他太太。怪不得。什麼。妳不記得她了。不記得。我也不記得，所以我才驚訝。少故意賣關子。我太太正在洗臉盆上方剪腳趾甲。她少了兩條腿。我不可能買。為什麼。會很難放。才不會，明明就很容易放。就像擺傢俱一樣放到角落不就結了。一件會說話的家具。妳超級無敵厲害。我太太三不五時都有些很棒的點子。哎喲。怎麼了。我剪到大腳趾。我太太的腳趾頭流了點血。我從浴室櫃子裡拿了棉花。妳會痛。沒，我在想。想什麼。想格洛尚他太太。白天我一個人在家。常常都覺得無聊。妳有好幾個小王。早就膩了。妳想要新的。不要。但是如果你買格洛尚他太太給我，我會覺得時間過得比較快。何況電視和客廳中間還空著一小塊地方。就在人蔘榕旁。對，在榕樹旁邊。就是你不想放在洪丹墳墓上的那棵榕樹。洪丹沒有墳墓。洪丹已經灰飛煙滅。你是說他的骨灰。少玩文字遊戲。有點太小，不會嗎。我覺得夠放。別動，我上網瞧瞧她的尺寸。我打開電腦。格洛尚做事真靠不住。他從各個角度拍了他太太，卻忘了註明尺寸。而且她身邊沒有任何可以當成基準的東西，好讓別人對她的大小有點概念。都沒有。光衝著這一點，就沒人會下標。算他活該。你的意思是算我活該。我太太很失望。她的大腳趾還在流血。我提醒妳，她說話沒啥深度。妳記得她在莫雷爾婚禮上那次嗎。記得，可是那時她還有兩條腿。上甜點的時候就沒了，因為進了三頭熊的肚子。我看不出這有什麼關係。她的腿被咬斷，八成個性丕變。絕對會。不管是誰碰到這種事，都會特別在意。啊。何況她被咬斷腿，純粹是為了炒熱氣氛，這個妳是知道的。裡面傳來吱吱雜雜的聲音。收音機壞了。你要的話，我幫你換電池。妳會幫我換嗎。當然會。妳真是個天使。沒翅膀。親我。唷，妳沒流血了欸。

XX.

從善如流的家長建議

親愛的同胞，我受不了了。真後悔當選。很遺憾各位選了我。你們該投給我的死對頭，他專門跟我唱反調。我樂於見到他跟我一樣，幹得死去活來。他比我還活該。我根本就不該當總統。當總統毀了我的生活。老婆跑了。兒子變性。狗死了。我媽還活著。我不知該如何是好。我希望，如果這個要求對你們不會太過分的話，你們哪位鼓起勇氣，趁我一天到晚都在公開場合露臉的時候，朝我的腦袋瓜、脖子、心臟，隨便哪兒，開上一槍都好。我個人會選脖子。我眼前一片黑暗，徹底無望。我當然可以自行了斷，但我老被安全人員團團圍住，連我拿把裁紙刀，都會被他們奪下。親愛的同胞，你們了解我有多痛苦。我從小就夢想當總統，那是因為我被灌輸了錯誤的職能形象。我自己發不了大財。貪贓妄法的權利又極其受限。法官不聽我的，幾位部長更不甩我。就連我的小祕，不論男女，都拒絕我三不五時請他們幫我吹吹喇叭的懇求。小不啦嘰的中小企業老闆都比我好運。我一走到街上，或是幫展覽開幕剪綵，到處都有人在臭罵我。甚至朝我吐口水。我的承諾全部跳票，這一點千真萬確，但就這方面來說，我只不過是跟著我所有前任有樣學樣罷了。我原本以為自己會當郵局公務員或開火車。小時候我喜歡玩木製火車頭。我媽可以作證。親愛的同胞們，我想跟你們說，去你媽的，偏偏依照慣例，我得向你們表示我對新的一年的祝福。所以呢，我祝你們和你們的家人苦痛、疾病、悲劇、喪親、意外、苦難、悲慘多多。你們全都操你媽的蛋去吧。共和國萬喪，法蘭西萬喪。你覺得怎麼樣。爛。有點弱。是沒錯，可是很適合他。這倒是真的。也很適合他的演說。正確。就這樣。他每次都端出同一盤牛肉。對。我說啊，都兩年多了。這倒是真的。除非他再度參選。可能。八成會。他占據最佳位置。這還不是最糟糕的呢。你呢，你會投給誰。我不知道。你投給他過。對。那你呢。我也投過。你又會投給他。八成會。我覺得我也會。可是他不去投。他不去投。我說，你們在磨蹭什麼。我們的老婆赤裸站在我們面前。我們等你們都等了一個多鐘頭。我們在看總統新年祝願。你們不覺得丟臉嗎。哦，反正一年只看一次。對，可是還是很噁。我怎麼會跟一個看這種狗屁倒灶東西的怪叔叔結婚。拜託妳，別說得這麼難聽。我們到底要不要開始。我們稍微親親摸摸兩三下，可是我們本身又不是蕾絲邊。只是為了打發時間。今天晚上，我們兩個都希望被捅菊花。唷，我說，這不就是總統祝福我們做的事嘛。啊。我們馬上就去。勒格洛的大鵰升得像旗桿一般高。觀賞如此這般的驟然形變美好之至。孩子們來到客廳。我花比較長時間才勃起。既然你們不待在客廳了，那我們可以轉台嗎。兩個女人互看一眼。默默詢問我們。勒格洛和我聳聳肩。我們的老婆警告小孩子。好吧，但是別像你們爸爸那樣，什麼垃圾都看。

XXI.

德意志模型

我陪著德曼吉。菜鳥。他剛加入股權部門。德曼吉臉皮薄。王老五一個。這輩子都在「企業」地下三樓度過。幾乎從沒出來過。他住市郊。他父母十幾年前就死在這屋子裡。搞不好是他殺的。誰知道呢。不關我們的事。畢竟這是他的問題。「企業」每個人都十分尊重他人隱私。我們問了幾個問題。德曼吉眼裡不時閃出一道怪異光芒。他還盜手汗。他渾身上下都散發出甜菜之類的酸味。他面呈愚魯，不可思議的是，他還真的笨得要命。面如其人，有時還真的是，不過很少就是了。我不敢一個人去。少荒謬。我不敢就是不敢。你就努力看看。你要不要陪我去。如果對你有幫助的話。謝謝。銷售小姐相當壯碩。高大。兩眼萎靡不振。肌膚乳白。濕稻草發酵的氣味。我朋友和我想看看人工陰道。德曼吉臉紅了。這麼容易就臉紅。跟我來，兩位先生。你看。這有什麼難的。我永遠也不敢。何況，我頂多也只敢到此為止。少說蠢話。這是一家賣人工陰道的商店。她做她該做的事。她是賣人工陰道的銷售小姐。就這樣而已。我不是情趣用品專家。這並不代表我反對這種有時用一下替代品的想法。何況我還贊成監獄管理部門為男囚犯提供人工陰道、為女囚犯提供合成陰莖。我太太視我為進步分子。我只是個慈悲為懷的自由主義者。這款賣得最好。冰島設計師設計的。你看看你看看，造型何等精巧，合成表皮何其柔軟。電動的。不會吧。整體機動裝置。毫無一絲故障風險。這是一大優勢。不會出現任何破壞高潮和達陣樂趣的供電問題。當然不會。德曼吉臉紅紅，盯著自己的腳。銷售小姐打了個呵欠。跟頭牛似地哞了一聲。她很大隻。你自己要用的。不是，我送朋友。要不要試用看看。什麼。我問你，要不要試用看看。這玩意兒不便宜。買東西前先試用再正常不過。我們有可以個人試用的試用間。你自己試吧。什麼。德曼吉看著我，目帶懇求。你自己試吧。你再跟我說怎麼樣。然後呢。然後我就試了。我太太正在用再生修護霜按摩她的假咪咪。你喜歡嗎。我不能說我不喜歡。感覺怪怪的。光看這玩意兒，只會覺得是一個軟綿綿、大鮑之類的東西，把你整根屌緊緊裹住。不怎麼詩意。的確不。但你若是閉上眼睛，結果令人瞠目結舌。真的有自己就在陰道內的感覺，何況還可以調整窄度、深度、潤滑度。怎麼調。這三個小滾輪。我可以展示給你看嗎。銷售小姐歪到我身上。她調整滾輪。我聞到她皮膚的氣息。牛圈、多汁乳房、躁熱毛毛的味道。還有貓砂。相當令人心猿意馬。調好了。怎麼樣。沒錯，的確比較好。你要的話，我還可以讓你試用看看更高級的型號。試就試。她從試用間出去。德曼吉也是。這會兒我太太正在按摩臀部。他真想打個洞鑽進去。話說另外那款。妙不可言。更柔滑。備有濕潤器和香水噴霧器。完全貼合陰莖形狀，還會根據偵測到的器官發情強度起伏作出反應，調配新數據，從而為使用者帶來至高無上的享受。這款是德國製的。工廠設在薩克森州。由放在虛擬陰蒂下面的微芯片負責驅動，納米技術結晶。陰蒂在哪兒。這個小紅燈就是。外觀設計或許不是這個款式的強項，但可靠性萬無一失，就連在最艱困的狀況下也可靠無比。比方說呢。銷售小姐對我報以心知肚明的一笑。比方說，哪天晚上你跟哥兒們聚會，十四、五個麻吉共享這個人工陰道。絕不會碰上跟台灣貨一樣的過熱問題，故障就更不可能了。這款你也試了。試了。所以呢。你倒是回答啊。我不敢告訴妳。你就說嘛。說嘛。一見鍾情。啊。沒錯。我覺得自己墜入愛河，問題是貴得不像話。你打算怎麼樣。兩個人合買。跟德曼吉一起買。好主意。還有就是，如果妳不介意的話，我去住他家。他笨歸笨，可是人很好。我每天都可以著實用用。你想怎麼樣就怎麼樣吧。我太太這會兒在刷牙。布羅尼亞爾在我們的床上等她。他正在看海釣雜誌。今天禮拜二。輪到他。嗨，布羅尼亞爾。嗨。有什麼新鮮事啊。什麼都沒。我幫你包起來。銷售小姐朝我們微笑。她看起來百分百像頭乳牛。不。不用了。德曼吉蹦出這句。他滿臉通紅。他再也忍不住。我馬上就要用。

XXII.

協助自殺

昨晚發貨部門的圖爾彭邀請我們觀賞他自殺。我們去了二十幾個。都是些親朋好友。他太太準備了魚子抹醬吐司的小點心。搞不好抹的是鮮蝦醬。兩者很難區分。顏色相同。紋理相同。我太太則穿了她那件鮭肉色禮服。這是圖爾彭了此一生的時刻。這件事他老掛在嘴邊，就連開會也不放過。在員工餐廳也是。他幾乎都快成功辦到將自己周遭淨空。再也沒人跟他同桌用餐。鬧自殺的人很累人。同一件事老說個沒完。最後杜邦終於給他來上臨門一腳。圖爾彭，你只是個孬渣。沒膽。我沒膽。對，你沒膽。你光說不練，永遠也做不出來。啊，你以為我永遠做不出來。沒錯，你永遠辦不到。這一幕是在「企業」停車場上演的。大把大把的枯葉被有氣無力的風逗得團團轉，繞著圖爾彭身邊飛舞，隨後又衝著杜邦的臉上撲去。時令剛入秋。景色甚美。電影或小說場景。三天後，我們收到一份邀請函：謹奮於十四日（本週六）晚間八時羅傑自殺，羅傑・圖爾彭夫婦敬邀光臨。須著燕尾服。鮮花及花環一律懇辭。照著地址。新開發區玉米田正中央的別墅。一幢蓋在小塊地皮上的木造房子。四周是爛泥巴地。當代風格。搞這麼大，吹牛大王。進來進來。未來自殺客的未來未亡人咧嘴大笑，幫我們開了門。她一派輕鬆。我們最早到。才沒有。其實你們是最晚到的。大家都在等你們。我幫你們倒點什麼喝。屋內極其雅緻，令我太太為之傾倒。我走近杜杭，他正在和勒胡交談。我瞥見圖爾彭在客廳最裡面。坐在安樂椅上。他手裡拿著飲料，正在跟勒格洛聊天，波納和布羅尼亞爾則看著他。杜邦端著放著吐司小點心的托盤，跟在自己家裡似的，到處走來走去。這些上面塗的是什麼啊。魚子醬還是鮮蝦醬。我不太清楚。某甲和某乙的太太在角落閒磕牙。巴利亞利群島度假和新型高科技運動健身器材。慵懶柔媚的巴薩諾瓦樂音，從深沉的揚聲器中流瀉而出。勒格洛和波納來找我。所以咧。所以我們也不知道。他可能在很久以前就已做出決定，但他什麼都沒說。故弄玄虛。少來。圖爾彭又不是希區考克。想也知道這件事會怎麼收場。我們三個都笑了。他喝了好多。這是他的第五杯波本威士忌。在當下這情況，喝這麼多不太好。看情形。搞不好他會用酒精加藥物。這倒不笨。是不笨。話說那位我忘了她叫什麼名字的圖爾彭他太太，剛走到客廳中央。她清了清嗓子。她穿著一件相當短而且超暴露的藍色連身裙。討論已經停了。只有巴薩諾瓦繼續飄揚。謝謝各位今晚為了羅傑專程跑一趟。請各位放心，我不會發表長篇大論。竊竊偷笑聲。坐而言不如起而行。窸窸窣窣聲。圖爾彭決定離開人世。就是這樣。我尊重他的選擇。你們都知道他很固執。騾脾氣。一旦他腦子裡有了某種想法。就會揮之不去。我們一起談過。談了很久。砲聲隆隆，何況孩子們還在樓上睡覺。絕不能讓他們留下絲毫創傷。割腕可能會拖很久，而且還髒兮兮的，圖爾彭也不想逼各位見到血。何況地毯還是新的。三長針。挪威織品。用手摸摸看。別不好意思。好好感受一下這品質多讚。只剩下吃藥一途，但，即使我們打從好幾個月前就開始積存安眠藥和抗焦慮藥，存量還是不見增加。我做事向來不腳踏實地，都浮在半空中。圖爾彭說話的聲音緩慢，又稠又黏。笑聲。沒錯，各位可能已經聽懂了羅傑的言下之意。他選擇浮在半空中的懸梁自盡。掌聲。羅傑，請吧，我認為是時候了。杜邦走上前去，將一條直徑有大拇指這麼粗的白色尼龍繩遞給圖爾彭他太太。勒格洛對杜邦竟然參一腳感到驚訝。我不知道他們兩個認識。你看。你覺得他們兩個有一腿嗎。有可能。客廳天花板正中央有根橡木梁將天花板一分為二，圖爾彭的太太把繩子往那根梁上一扔。第一次就套中。漂亮。杜邦打了個活結。兩秒鐘就打好。專家。我太太忍不住幫忙把椅子推到繩結下面。圖爾彭看著，心不在焉。才不是心不在焉，是沒有全神貫注。波納極其重視用詞精準。他把杯子一飲而盡，試圖站起來，但旋即又倒了下去。還得靠勒胡和勒格洛架著他的胳臂，攙扶著他，才能走到客廳當中。你想交代幾句嗎。想。說吧。幾分鐘後想說也沒得說了。勇妻的詼諧話語博了個滿堂彩。不想了。圖爾彭搖搖頭。不想怎麼樣。不想自殺了。巴薩諾瓦的節奏軋然拖拍。不，我不想了。你不能這樣整我們。你朋友專程來的。搞這些花了大把銀子。大伙兒在這兒都耗了兩個鐘頭。你就裝一下。裝什麼。圖爾彭，帶種一點。杜邦接口。你是個討厭鬼。小雞雞。軟懶趴。皺龜頭。我就說嘛。精液不足。娘炮。杜邦氣得臉都綠了。你沒權利這麼做。圖爾彭的太太火冒三丈。你會毀了這個派對，害我們變得荒謬可笑。你不想了。孩子們會怎麼想。我才不管什麼孩子不孩子。我說圖爾彭，你講點道理。這是自殺之夜，是或不是。傅尼耶哭喪著臉，一副自己被惡搞的苦相。大家都還有別的事可做。市立體育館要砍吉普賽人的腦袋。我太太把氣出在吐司點心上。到底是魚子醬還是鮮蝦醬。我跟你們說，我不想了就是不想了。圖爾彭哭哭啼啼。一股同仇敵愾之情升起，我感覺得到。什麼都不想。我們幫你。杜邦撲上前去，攔腰抱住他。勒格洛立即箍緊腳踝，波納架住脖子，杜伯伊硬把他從地上揪起來，布羅尼亞爾環抱住他上半身的時候，我緊緊箍住他的腿。圖爾彭放聲嘶吼，簡直就是個野人。別吵。想想孩子。他太太將繩子套上他的脖子。閉嘴啦。杜邦把十來張上有花環和聖誕球球圖案的紙巾硬塞進未來死者的嘴裡，其中好幾張還用過，上面有魚子醬的汙漬。或是鮮蝦醬。王八蛋。去你媽的山寨自殺客。圖爾彭持續掙扎，但我們終於把他拉上椅子。混帳東西。隨後男男女女在明淨夜色中齊聲倒數計時。王八羔子。五。四。三。二。混蛋。一。零。人渣。是誰衝著椅子踹了一腳。我都不知道了。我離的有點遠。沒選好位置。真可惜。不過一切還是挺順利的。你有看到他的兩條腿怎麼亂踢亂蹬的嗎。我太太和我們在車上。回家途中。我開著車，心曠神怡。我們漫無目的。再怎麼著，這還是美好的一晚。還有舌頭。對。舌頭怎麼樣。我從沒想過，一個人的舌頭竟然可以這麼大條。人類實在太驚人了。你說得對。上吊拖了很長時間。三、四分鐘吧。我覺得好像還更長。長歸長，可是很好看。我們才有時間看到一個人是怎麼死的啊。你看到他看我們的眼神嗎。少這麼多愁善感。紫色的。對。圖爾彭隨著巴薩諾瓦的節奏搖擺。他的腿在空中蹬了幾下，隨後就完全沒動靜。他死意甚堅。雙眼圓睜。僵直呈幾何狀。還有。舌頭垂下。大理石花紋。好大一條。

紙巾噴了出來。我們使勁拍手鼓掌，藉以遮掩不堪入耳的飢腸轆轆聲。圖爾彭慢慢癱軟。只差沒放點煙火。他太太再度感謝我們蒞臨參觀。她含著眼淚。還剩下一些吐司點心。誰要。各位請便。全部都得清掉。要我們幫妳把他解下來嗎。勒格洛總是如此周到。不。放著就好。他再也不會麻煩任何人了。再說，明天早上也得讓孩子們看看。這對他們來說很重要。哀悼至親是很重要的。心理學家再三強調。當然。晚安了，各位朋友。不管怎麼樣，我還是可以幫妳清一清，吸吸。杜邦，你人真好。那我就接受了。她叫吸吸。你有沒有注意到，他叫她吸吸。有。吸吸。橙香火焰可麗餅。準備好要被煎[1]。好有意思。對。看著她的胸部。還有她的屁股。你覺得他想上她。我不知道。寡婦嘛。一定會。寡婦八成很可口。寡婦的奶子，沉甸甸又熱烘烘。流體。光用想的就覺得美味。對。總之大家都走了，他還留在那裡。你車停哪兒。稍微遠一點。勒格洛，明天見。明天見。沒風。沒雲。星星彷彿在顫動。我太太走到一排玉米後面小便。我聽著她在尿尿。你看天空。勒胡走到我身邊。對。為什麼。誰知道。我們永遠都不知道。我什麼都不知道。勒胡抬起頭。這會兒我們兩個都在看天空。我們聽到我太太在解放，一條微不足道的小溪。你喜歡吐司抹鮮蝦醬嗎。那是魚子醬。是嗎。看起來是。那你跟我說一下，那是什麼魚子醬。這個我就不知道了。我們搗碎雞蛋。我們殺掉生命。魚的生命。成千上萬條魚的生命。壓得碎碎的。把牠們殺死在雞蛋裡。沒。沒什麼沒。牠們沒被殺死在雞蛋裡面，因為被搗碎的是雞蛋。你要這麼說也行。勒胡就愛吹毛求疵。可是明明就有鮮蝦醬的味道，沒嗎。有。問題是。是什麼。沒什麼。晚安。對，晚安。勒胡消失在和煦黑夜中。天哪，好舒服。我太太拉起內褲，回到我這邊。我覺得我很幸福。你說幸福這個詞不覺得慚愧。怎麼會。就在圖爾彭過世的當晚。圖爾彭死了，不可能。你已經忘了。他是怎麼死的啊。自殺。我們還在場。不會吧。見鬼了。圖爾彭死了。沒享受到人生。生存的幸福。魚子醬。星星。他太太。對。我的天啊，他這輩子太短了。你說的是圖爾彭。圖爾彭。我們跟他很熟。還算有點熟。我完全沒印象。圖爾彭啊。你的一個同事。圖爾彭。不記得。

1 Suzette，圖爾彭他太太的名字叫Suzette，而橙香火焰可麗餅因為是可麗餅加上Suzette奶油及橙汁做成，所以法文為crêpes Suzette。同時crêpe又可做「黑紗」解。下一句中的sauter，則既可當「撕掉」（撕掉文君新寡Suzette的黑紗），又可當「跳上去、撲上去」解，故而譯為「等著被煎（姦）」。同時Suzette又跟sucette（棒棒糖、奶嘴）諧音，也可能是另一種性暗示，故而在杜邦口中就成了「吸吸」。

XXIII.

共同生活

昨天有個駕駛對我們比中指。我們把它給切了。我們受不了不文明的行為。令人不快。杜伯伊的後車廂總擺著一些工具。誰知道會不會派上用場。老虎鉗啦。千斤頂啦。雪鏈啦，不過現在鮮少下雪就是了。搞了半天，全球暖化不是虛晃一招。真可惜。難得我們原本可以著實樂樂。這位先生，你為什麼要對我們比中指啊。那人倒在地上。他不再傲慢惱怒，不再因為我們遵守時速限制就超我們的車，就猛按喇叭開口問候我們的老母，一臉屌樣。我們又超了他的車，兩三下就堵在他前面，逼他停車。經典之作。所向披靡。車神杜伯伊。他原本可以當賽車手。但他更喜歡統計。我們三個人。杜伯伊、莫雷爾、我。那名男子一個人。落單者往往是懦夫。這位先生，你為什麼要對我們比中指啊。我們用千斤頂打破車窗，把他從車裡揪出來。他說不出話。或許是恐懼使然。他很年輕。鬍鬚男。當然是阿拉伯人。到處都是。八成來自市郊。這些人就喜歡住在毫無美感的社區裡。不舒服。我從來都不懂為什麼。怎麼會有人逐醜陋而居。我們在優雅的樓房裡住得多好。寬敞。地上鋪著小方塊磁磚。這輛八成是贓車。這是他們的消遣之一。不是靠他在大賣場當保全或是在手機店當臨時工的微薄薪水買來的；就是以永遠也還不清的長期信貸、分期付款的價錢買來的。如果他不是賣烤肉串的。或者不是當剃頭師傅的話。德國車。比實際年份老十歲。鏽得體無完膚。柴油的。德國貨一舊就慘不忍睹，很快就變得俗不可耐。女人和車子皆然。這位先生，你為什麼要對我們比中指啊。人生苦短。偏偏沒回答半句。杜伯伊火大。他因為跟韓國人進行迂迴曲折的談判而飽受壓力。一板一眼的民族。不知變通。挑剔。比中國人更糟。殊不知我們欣賞中國人的清潔和米粉。莫雷爾試圖讓他冷靜。我覺得他好像不能說話了欸。你看他的嘴巴。我不覺得我用雪鏈打他打得很大力，不過結果卻很好笑。阿拉伯人連嘴唇都不翼而飛。可是他還有三四顆牙齒和一小塊舌頭。雪鏈還在我手上。我欣賞著它，豔羨不已。瑞典製造。經過冰雪淬煉。桑拿、聖誕老人、麋鹿的民族。行家。我道歉。你不必道歉。等等。杜伯伊又往後車廂走去。英國的。細緻。高雅。曲線優美。愛使性子。有點髒。他拿著鉗子回來。抓起阿拉伯人的手。喀地一下，就是一根手指。一根。他朝我們揮揮那根。中指一下子就被喀掉。阿拉伯人慘叫。你看吧，你想說就說得出來。所以囉。這位先生，你為什麼要對我們比中指。他使勁想說點什麼。他在說什麼。根本就聽不懂。請說清楚。他又開始慘叫，血泡從口中流出。阿馬蘭特。還是聽不懂。一個人想待在別國生活，就得掌握該國語言，尊重其習俗。你們看到他在哭了沒。看到了。真不敢相信。所以說，他有點像我們囉。少誇張。莫雷爾奪過杜波依手中的鉗子。等等。他哭得這麼慘，應該有原因才對。莫雷爾剪斷小拇指、無名指、食指，但留下大拇指。這活兒幹得又快又有效率。人家會以為你幹這個幹了一輩子。並沒有，我只是學習能力強。這種事不用花腦筋。你剪吧。不，謝了。你倒是剪啊。等等你就知道簡單得要命。莫雷爾說的沒錯。就這麼簡簡單單一鉗，喀嚓，我就把挑釁我們的這位老弟的拇指給剪斷了。不過我沒遵照操作手冊就是了。我想都沒想到，手指握在手裡竟然只有這麼一點點。王八蛋。虧我們花了這麼大力氣，結果回報卻這麼少。你們注意到了沒，沒有手指的手，好奇怪喔。看起來就像是從嫁接點上方被切斷的果樹。莫雷爾有時候像個靜修士。不過他還真的有果園。你說像就像。我們該拿他怎麼辦。不怎麼辦。他要是一棵蘋果樹，我就幫他塗上癒合收瘢的乳香。超有效。可是他不是樹。不是。我想他懂了。他不會再犯。這位先生，你不會再犯了，對嗎。先生。先生。他沒回答半句。害我們大傷腦筋。我討厭忘恩負義的人。把他撂在這算了。那車呢。車。燒了。啊。這位先生的朋友經常都這樣。拿燒車當消遣。杜伯伊回到後車廂。救急用的手提汽油桶。小心駛得萬年船。澆在那輛德國老爺車上。阿拉伯人朝溝渠遠遠爬去。他哇哇大哭。他沒了手指的手，在堤道上留下一長道紅痕。好好看。猶如一幅沒人看得懂、還貴得要命的當代畫作。杜伯伊扔了根火柴。那輛車立即著火。烈焰衝天。我們欣賞了好幾分鐘。我說現在幾點啦。九點二十三分。該死，韓國人。天哪，韓國人。我們把韓國人忘得一乾二淨。多虧了那個阿拉伯人。好好笑。這麼比喻好美。一個全球化的積極作用。又一個。你說了就算。

XXIV.

正向歧視

不能再這樣下去。我們這是在直接撞牆。我們只想到我們自己，只想到我們的樓房，我們週末要燒烤，我們的免稅投資，我們的運動休旅車，我們的臉部保養。我們的社會不再是一個整體。我們成了互不相干的並列小島。我們各人自掃門前雪。我們不管他人瓦上霜。我們不管他者。你別再唸了。我在跟妳討論正經事。我好睏。我在跟妳討論我們的世界。已經很晚了啦。我在跟妳談的是我們的事。我太太呵欠連連。毫不掩飾。一個打呵欠的人可怪著呢。即使是自己的太太。總是會讓人想到河馬。牠那張濕漉漉的大嘴巴。牠懶洋洋地過日子。牠那敷了泥巴熱熱的身子。那你就繼續吧。繼續什麼。你不是想跟我談談他者嗎。她雙肘環抱著新進廠維修過的乳房。我們必須歡迎他者。那個跟我們不同的人。那個不是我們的人。我們必須像對待兄弟一般對待他。邀他上我們家。我們兩個人只住六十幾坪而已。我現在跟妳說的家是象徵性的家。害我被你嚇到。「企業」開了第一槍。怎麼說。「企業」的他者不夠具代表性。我們都太像了：勒格洛、布羅尼亞爾、莫雷爾、杜邦、勒普特赫、傅尼耶、杜杭、桂察。全都太像。聽到你這麼說我可真開心。你說得沒錯。不過勒普特赫嘛。勒普特赫怎麼樣。勒普特赫不一樣。勒普特赫。他比較有深度。勒普特赫比較有深度。對。我們其他人就是白痴。才不是。那是怎麼樣。去年母親節，你送我的那個超級特大號性玩具，我都還沒拿它來搞你們任何一個人的菊花。除了勒普特赫的以外。而且塞進去還塞不滿。我太太有時候十分膚淺。這樣我就放心了。你跟我提到「企業」。「企業」再度指引迷津。就跟當年的上帝一樣。完全就是這樣。「企業」有責任融入少數。他者。對。他者總是屬於少數。在這種情況下，就不算是他者。此話怎講。而是他者的他者。妳覺得。我太太有時候也會思考。傷腦筋。幸虧都持續不了多久。哪些少數。有色人種。殘疾人士。婦女。婦女不是少數。在「企業」是。我們全都是男的。不見得。此話怎講。你把陽具不見的那位歸到哪一種性別。布雷丁。對，布雷丁。布雷丁動過手術。他裝了假陰莖。不，他裝的是仿生陰道。所以他是婦女。她被解雇了。就因為這樣。還沒正式公布。奇裝異服。布雷丁穿裙子和長袖女裝襯衫來上班。很尷尬。公共危險。每個人都圍著布雷丁窮打轉。但她還是他的時候，壓根兒就沒人搭理。對。誰圍著他打轉。勒格洛、布羅尼亞爾、莫雷爾、杜邦、勒普特赫、傅尼耶、杜杭、桂察。你剛剛說的那些少數族群呢。歡迎他們啊。我還以為你們「企業」奉行人員緊縮邏輯。我們邊歡迎邊緊縮。人員。少數族群。我不懂。她叫賽格琳。三合一。解釋一下。那是我們幫她取的名字。她是黑人。四肢癱瘓。還是個女的。附帶還是個侏儒，不過很可惜，侏儒沒加到半分。三種少數族群身分只占一個職缺。拜她所賜，「企業」方得以結合人因工程學、裁員、公民參與。恭喜。我太太呵欠越打越嚴重。我們的目標是ISO 2004563。所以你們要招聘另一個三合一嗎。不可能。對「企業」來說耗費太大。值此股市不確定與市場波動時刻，凡事必須保持謹慎。你現在又對詩詞感興趣了。沒，對經濟。啊。睡吧。我們親親，互道晚安。我準備好要在一個更公平，而且更人性化的世界裡闔上眼皮。多虧了我們。多虧了「企業」。多虧了我們的利他主義傾向，如今僅需發揚光大。她有什麼作用。我太太再也睡不著。對誰而言。對你們的三合一。發揮作用的作用。就光發揮作用而已。這已經不賴啦，不是嗎。我們指引她迷津。好好把握和往前衝刺就靠她自己。好好把握和往前衝刺，可是你沒告訴我。告訴妳什麼。她怎麼樣。她什麼怎麼樣。我也不知道。我關燈。關燈。

XXV.

生命的意義

我們在街頭或門廊下撿到像廢報紙般縮成一團的哲學家。我們有時會邀請他們到我們家。他們帶著一股陳年汙垢和流鶯的氣味。他們頭髮裡混雜著對排氣管廢氣的回憶和八百年前的麵包屑。他們大多沒有牙齒，可是有粉紅色的下巴，使得他們看起來像很老的老小孩。我太太一點都不喜歡他們，不過她容忍我的任性妄為。解釋生命給我聽。解釋死亡給我聽。天空的藍色。慾望。夢想。上帝。皮膚的柔軟。還有厭倦。尤其是倦怠。解釋倦怠給我們聽。哲學家看著我們。他們沉默不語。嘴巴塞得滿滿，不說一句話。我們餵食他們。我們在微波爐裡加熱冷凍食品。鱈魚排燴迪耶普醬汁。起司馬肉番茄醬烤寬麵條。藍帶的。過期了好幾個禮拜，不過我們留下來給他們吃。他們覺得好吃到咬舌頭。哲學家和時間的關係特殊。有時效性。食物也有。他們啃了好久。忙著將手上那杯很普通的葡萄酒吞下肚，一副怕被誰搶走似的。吸吮聲。所以呢。我們正在等你們回答。勒格洛開始感到無聊。我太太打了個呵欠。杜伯伊火了。所以呢。哲學家要吃甜點。

等等再吃。先回答。你們總不會以為我們免費提供你們一整餐，不要求任何回報吧。人生在世，樣樣都得付出代價。我們是過客。你說什麼。我們是過客。我們絕大多數的問題都來自於此。我們拒絕接受自己這種短暫的過渡處境。我們一副生命彷彿可以無限延長，身體可以無限擴大，而且又獨一無二的樣子。我們從不正視我們的存在實乃一起微不足道的生物事件，不值一哂，好歹在出現與消失周期中，我們的存在也顯得怪誕可笑。我們踟躕於笑聲和淚水之間，拒絕衰弱和懊喪，殊不知唯有它們方能表明我們的微不足道。我們由於缺乏更好的東西，而且因為好歹總得做點什麼，從而發明了愛。我們為了讓自己感覺不那麼孤獨，從而發明了上帝，因為我們渴望一位主宰，隨後我們終究發現，祂既沒用又笨重、醜陋、發臭。我們將自己做的小紙片、無色的小紙屑灑進我們午睡時的空。我們裸著身子站在磐石上，殊不知磐石本身只是我們自以為找到支撐的投射。磐石並不存在。磐石是屬於精神層面的。我現在可以吃優格了嗎。不然一粒水果軟糖也好。一塊巧克力。一顆方糖。隨便什麼，只要是甜的就好。我喜歡糖。糖能撫慰我。你說磐石是屬於精神層面的，這是什麼意思。我的甜點呢。等等。等等。先解釋磐石再說。我快被他煩死了。我上去睡覺。晚安，親愛的。我陪你太太。杜伯伊總是服務周到。我太太沒說不。討我們歡喜的，也害我們苦痛。我們在思考。我們創造了安慰我們的環境，也創造了折磨我們的。我們在強調空的同時，也填滿了空。磐石亦如是。我還是什麼都不懂。然而卻十分簡單。我可以吃我的優格了嗎。不行。有時候勒格洛很粗魯。那我繼續。你坐在什麼上面。椅子。只有你決定它是把椅子，它才存在。要是你否定椅子。那還剩下什麼。我不知道。這就對啦。對什麼啦。你已經知道了。你在承認不知道自己坐在什麼上面時，已表達出磐石是屬於精神層面的。把他的甜點給他。可以了嗎。可以了，說到這兒就好，他害我頭痛，何況這一切什麼用都沒。再度沉默。我們看著哲學家大啖優格。還有沒有。你不覺得你太過分了點。你並沒有幫到我們。你沒提供我們任何答案。這不是我的角色。我因提問而存在。所以你沒有半點用處，因為我們自己已經在問了。你們問的不是這些問題。我提供了你們新的問題。這筆生意可真划算。我們現在更加不知所措。生命就是如此。人類的生命。可是我們受夠了當人類。我可以給你們一個建議嗎。說吧。你們離開人世的時候，別忘了關燈。這叫建議。對。杜伯伊走下樓梯。你們說到哪了。哪兒都沒說到。哲學是死路一條。那你呢。我淨空。你太太不像她口頭說的那麼疲倦。她不知饜足，一要再要。我不行了。她現在要勒格洛上去。去吧。你確定。我當然確定，去吧。那我呢。哲學家懷抱希望。他的嘴角上有一點菜渣。馬鈴薯泥。他那把髒兮兮的鬍子，使得他狀似邁入黯淡炎熱八月底的公共草坪，一副維護欠佳的樣子。他，疲了倦了。實在太久了。我有時候還會勃起，但是我不知道該怎麼辦。我們這些他者，總是一個人住。我再也不記得滑進女人性器裡有多柔軟了。杜伯伊看著我，我看著勒格洛，隨後我們三個人就看著正在等著的哲學家。這個混帳東西竟然想上我老婆。我們揪住他油膩的外套領口，把他扔到街上。他在空中短暫飛行，隨後就摔扁在馬路上。一條似乎並不怎麼精神層面的馬路。一條百分百硬碰硬的馬路。血從他鼻孔流了出來。我們笑得很大聲，又關上門。我們洗了手。整理好餐桌。我太太的屁股往樓梯上方扭了扭。來了啦。勒格洛下定決心。勒格洛，好樣的。面面俱到。見過世面。受過教育。我和杜伯伊吹著口哨，進攻餐具。有時候簡單的舉動就讓我們心滿意足：清洗餐具。割草。把門上漆。假裝呼吸。

只要假裝，生活就變得可以忍受。

幾乎可以。

譯後記

當代寓言——失去人性的非人

越翻譯《非人》這本小怪書越有趣。當初這本書也是我審的，但審書時以內容為主，許多細節並未深究。隨著邊翻譯邊發現《非人》蹊蹺甚多，姑不論內容是否（刻意）驚世駭俗，光論及本書的體例，就十分有趣。

I. 體例

首當其衝的竟然是——標點符號。作者有意透過標點營造類機器人式的「非人（性）」書寫，最明顯的例子就是：

1. 置於句首的副詞Oui（是，對），與接在後面的句子中間一概不加逗點。但中文譯文，為了方便讀者閱讀，身位譯者的我最後還是選擇回歸傳統的表現方式。

2. 不管直述句、否定句、祈使句、疑問句，句尾一律標上句點。本書這個特點，我在譯文中予以保留。但我選擇適時加上表示「嗎」、「呢」等表示疑問的語助詞，以避免讀者混淆，不知何者為問句？何者又為回答。

3. 此外，全書共二十五章，每章不計長短，都只有一段。唯有第二十五章〈生命的意義〉才分成三段，雖然第二、三段各只有一句話，但正可作為全書的總結：

只要假裝，生活就變得可以忍受。

幾乎可以。

4. 我也發現，全書以短句為多，長句甚少。刻意營造冷冽、呆板、機械式的感覺。茲舉一例：

我跟他們商量。我叫他們跟著我。他們動都不動。我想叫他們站起來。他們不願意任憑擺佈。不走就是不走。我把他們拖進車庫。我把他們綁在工作台邊。我去找我太太。她已經睡了。

——〈贈予之樂〉

II. 嘲弄、反諷、暗喻

除了上述特殊的書寫格式外，很難想原文兩萬多字的《非人》這本怪小說，裡面含沙射影，將當今社會方方面面的各號人物、事件、現象均譏諷訕笑了一番（所以我才稱之為「當代寓言」），例子不勝枚舉：

1. 嘲弄

人工智能：人工智能的確很便利，但，人類自己的智能呢？

我記憶力衰弱。我買了五台備有無限大硬碟儲存量的電腦。我幹麼記。機器就是為了記憶才存在的嘛。

——〈贈予之樂〉

夫妻生活：夫妻間的性生活越來越少，器官久久沒用都「生鏽」、失效，乃至於退化、消失。例如〈超人類主義〉。夫妻間「正常」的性生活不彰，夫妻外「不正常」的性生活卻極其活躍，例如〈寵物〉裡的獸姦（寵物魚口交），及全書到處充斥的群交、性關係混亂等等。

環保：只顧生態環保，不管路有凍死骨的虛偽。

我們這些城市的人行道上到處都是遊民。想當年還有油膩膩的紙張、舊報紙、口香糖包裝紙、傳單、菸屁股。我們現在可注意著呢。保護生態不遺餘力。

——〈當代藝術〉

文藝老中青年：受到詩、美感動，卻對死人無感。趁機又酸了文藝老中青年一番。

——〈當代藝術〉

詩。美。我不時還會受到感動。

婚姻平權：〈婚姻平權〉中則揭櫫基於「婚姻平權」，人與熊的結合，在未來或許可能實現。是為對婚姻平權的反思。

貪婪、不知饜足：食色皆然

自助餐豐盛，但一陳不變。我們吃了又吃。

——〈無謂的盛大來回〉

你太太並不像她口頭說的那麼疲倦。她不知饜足，一要再要。

——〈生命的意義〉

男人：因為女人比較心軟，比較「有人性」。

我們正在組織一場女子賽事。她們的水準永遠不及我們。我不明白為什麼。

——〈大地遊戲〉

大男人主義：網拍老婆（〈電子商務〉）、休妻（〈縮短社會鴻溝〉）。

親子關係疏離：連自己小孩的性別、名字、年級、從小吃肉會過敏的習性都搞不清楚。（〈教育學〉）

各國政治人物：

歐巴馬？

執政者的膚色再也改變不了這個世界的樣子。

——〈跨世代連結〉

克林頓？

就連我的小祕，不論男女，都拒絕了我三不五時請他們幫我吹吹喇叭的懇求。

——〈從善如流的家長協議〉

有「法蘭西第五共和最顧人怨總統」之稱的前總統歐蘭德？

我根本就不該當總統。當總統毀了我的生活。我太太跑了。

——〈從善如流的家長協議〉

在同一章中，也順勢譏諷了從亞洲到歐洲的所有執政者：

我的承諾全部跳票，這一點千真萬確，但就這方面來說，我只不過是跟著我所有前任有樣學樣罷了。

德國、英國：透過車子暗喻德、英女人。

德國貨一舊就慘不忍睹，很快就變得俗不可耐。女人和車子皆然。

杜伯伊又往後車廂走去。英國的。細緻。高雅。曲線優美。愛使性子。有點髒。

——〈共同生活〉

中國人反應遲鈍、「清潔」；韓國人不知變通、挑剔；台灣（貨）也被流彈波及他正忙著評論業務成長曲線，評論到一半，就倒在桌上。心臟衰竭。中國人沒動。我服了這個民族的沉穩。他們坐在原位，等了兩個鐘頭。

——〈逝去的親人〉

他因為跟韓國人進行迂迴曲折的談判而飽受壓力。一板一眼的民族。不知變通。挑剔。比中國人更糟。殊不知我們欣賞中國人的清潔和米粉。

——〈共同生活〉

絕不會碰上跟台灣貨一樣的過熱問題，故障就更不可能了。

——〈德意志模型〉

氣候變遷、全球暖化

雪鏟啦，不過現在鮮少下雪就是了。搞了半天，全球暖化並不是虛晃一招。

——〈共同生活〉

就連「動作片」A片「語言」之貧乏，也難逃克婁代的「毒舌」

可是我看的（電視節目）是動來動去的顏色和形狀。他們話很多。一種以一百多個詞組成的語言。

——〈縮短社會鴻溝〉

電子商務：〈電子商務〉中諷刺「什麼都賣，什麼都不奇怪」的E-commerce。連自己的老婆都可以上網拍賣。

2. 反諷

難民顛沛流離：

猶太人喜歡到處趴趴走。跟黑人一樣。

——〈教育學〉

對阿拉伯人的歧視：法國人根深柢固對闖禍者一定是阿拉伯人的刻板印象，其公式為：市郊（banlieue）＝阿拉伯人＋貧民窟＋犯罪。

鬍鬚男。當然是阿拉伯人。到處都是。八成來自市郊。

——〈共同生活〉

3. 暗喻

人類：

我愛死了那張有香蕉的。我覺得那張一點都不做作，好自然。真的是渾然天成。

——〈電子商務〉

「渾然天成」一詞，暗指人類的起源是猴子，所以才喜歡香蕉。

權利共犯結構：全書唯二兩個大寫的非專有名詞就是l'Entreprise「企業」和la Banque「銀行」。暗指沆瀣一氣、狼狽為奸的兩大權利共犯結構。同時也延續《調查》（L'Enquête）一書中對「企業」一詞的用法。

「銀行」提供「企業」融資，「企業」將盈餘存入「銀行」。

——〈權利混同－有償取得〉

III. 寫作手法

1. 詞性陰陽難分

除了標點符號、短句等體例上的巧思，以及短短兩三萬字中無所不包的諷喻外，綜觀全書，克婁代在《非人》一書中的書寫方式也蓄意陰陽性不分，有可能是作者刻意讓性別變得「撲朔迷離」？畢竟當今社會現狀中，傳統性別已經有點雌雄莫辨。

2. 發話者身分不明

利用一律為句點的標點符號，刻意造成發話者身分混淆不清，有時需要再三推敲才搞得清楚究竟是誰在說話？誰在回答？

3. 意識流的跳躍式寫法

每每天外飛來一筆，一下以過去完成式表示過去，一會兒又用現在式表示當下。其中我覺得這個例子最有意思：

> 我們幾個人在邊上圍觀，老公則拿著手機，倒退個幾步，拍下好戲。從前我也常拿攝影機拍。其他人則拍照片。另外還有兩三個，通常都是新來的，還在一邊打手槍。
>
> ——〈無謂的盛大來回〉

除了透過時態區隔出過去與現在外，還以手上拿的攝影器材（攝影機 vs 手機）之不同，展現時代變遷。是很高明的寫法。

詞性陰陽難分、發話者身分不明、意識流的跳躍式寫法，這三點正是翻譯本書時，最令我戰戰兢兢，覺得被作者「玩」得團團轉之處。

4. 雙關語

〈安寧治療〉裡的gland，同時做「龜頭」、「橡實」解。或：

> 我媽因為白內障而白化了的眼睛睜得大大的。我知道她看到的我只是個影子。一個被她喚為兒子的影子。
>
> ——〈世代交替〉

「喚為兒子的影子」既是白內障母親看出去的影像，又間接指出疏離的母子關係，兒子之於母親成了個名存實亡的「影子」。

5. 刻意將不重要的細節交代得鉅細彌遺

以展現「非人」的「不人性」處事方式。例如：〈協助自殺〉中，對吐司上抹的究竟是魚子醬或是鮮蝦醬無比「執著」，對老同事圖爾彭自殺卻冷漠無視。

6. 以方向營造感官氛圍

晚上八點開始供應晚餐。船六點起航。我們航行了約莫一個鐘頭。航向大海。航向南方。

——〈無謂的盛大來回〉

對處於高緯度國家的人而言，「航向南方」（vers le sud）代表熱情、象徵異國情調，「南向」進一步成為淫慾享樂的隱喻。二〇〇二年我幫台北電影節翻譯過的《南方失樂園》（Vers le sud，Laurent Cantet 執導），這部描寫高緯度（英法等國）白人女性南向找尋黑人小鮮肉而爭風吃醋的電影就是很好的例子。

7. 不無幽默

我們有你可以自己一個人試用的試用間。你自己試吧。什麼。德曼吉看著我，目帶懇求。你自己試吧。你再跟我說怎麼樣。然後呢。然後我就試了。

——〈德意志模型〉

「你」都指德曼吉，結果卻是由「我」（本書第一人稱敘述者）「試用」。不僅幽默，也帶有超現實電影蒙太奇跳接鏡頭的感覺。

IV. 電影與文學的影響

1. 電影

克婁代執導過好幾部電影，其中我曾經翻譯過他於二〇〇八年導演的《我一直深愛著你》（*Il y a longtemps que je t' aime*）。所以我認為電影對他的影響頗深，除了前文提及「帶有超現實電影蒙太奇跳接鏡頭的感覺」外，比方說：

> 布羅尼亞爾他太太扔給扛著大石頭的小毛頭一把糖果。蠢婦。明明就規定禁止餵食。到處都有牌子提醒這件事。窮小孩立即拋下石頭，半斜著衝過來撿拾。
>
> ——〈跨世代連結〉

剛好前一陣子翻譯了一部十分精彩的紀錄片《盧米埃！》（*Lumière!*），其中就提到加布列爾・維爾（Gabriel Veyre）拍攝的《安南小孩在女人塔前撿硬幣》（*Enfants annamites ramassant des sapèques devant la pagode des dame*）這部短片，當時越南隸屬於法屬印度支那安南保護區，總督妻女就是大撒硬幣，安南當地住民小孩搶著撿拾……這部當年「深具教化意義」的短片，後來成為對西方殖民主義最直接有力的控訴！

2. 文學

Ennui

《非人》一書中再三提到的ennui，則是法國文壇從十八世紀末浪漫主義盛行以來、跨越整個十九世紀的「世紀病」，這種ennui（百無聊賴、厭倦、倦怠）的「世紀病」，一直延續至今，成了名符其實的「跨數世紀病」。

Absurdité

我（死去的杜穆林）在等，可是什麼都沒發生。

——〈逝去的親人〉

不免令人立即聯想到貝克特《等待果陀》（*En attendant Godot*）中無可奈何又毫無意義，最終徒勞無獲的漫長等待。事實上，克婁代在法國知名文學電視節目「大書店」（La Grande Librairie）中也承認「l'absurdité—荒謬性」就是他的書寫重點之一。

結語

或許《非人》會被許多「政治正確」的「衛道人士」視為洪水猛獸，殊不知「在『政治正確』的大帽子壓頂下，我們再也不能說話。今日文學的重點在於打開大家的耳朵、打開大家的眼睛，讓大家得以思考。（略）有的作家寫出極美的篇章，討讀者喜愛，可是我不是這種作家。我應該比較重視『文以載道』吧。」克婁代在「大書店」中如是說。

那麼，身為譯者的我從《非人》中領悟到了什麼「道」？

只要假裝，生活就變得可以忍受。

幾乎可以。

你呢？

繆詠華　書於二〇一九年六月六日

菲立普・克婁代 作品集 07

非人 Inhumaines

作者	菲立普・克婁代 Philippe Claudel
譯者	繆詠華
社長	陳蕙慧
副總編	林家任
行銷	陳雅雯、尹子麟、洪啟軒
排版	宸遠彩藝
封面繪圖	Norman Normal
封面設計	井十二設計研究室
印刷	通南彩色印刷股份有限公司
讀書共和國集團社長	郭重興
發行人兼出版總監	曾大福
出版	木馬文化事業股份有限公司
發行	遠足文化事業股份有限公司
地址	231 新北市新店區民權路 108-2 號 9 樓
電話	（02）2218-1417
傳真	（02）8667-1891
客服專線	0800-221-029
信箱	service@bookrep.com.tw
法律顧問	華洋法律事務所 蘇文生律師
出版日期	2020 年 2 月 初版一刷
定價	新台幣 260 元

國家圖書館出版品預行編目

非人 / 菲立普 . 克婁代 (Philippe Claudel) 作 ; 繆詠華譯 . --
初版 . -- 新北市 : 木馬文化出版 : 遠足文化發行 , 2020.02
160 面 ; 14.8*21 公分
譯自 : Inhumaines

ISBN 978-986-359-657-8（平裝）

876.57　　108003635